破壊屋（デストロイヤー）

プロレス仕舞伝

黒木あるじ

集英社文庫

目次

破壊屋

デストロイヤー

プロレス仕舞伝

第一話

破壊屋

デストロイヤー

1

正方形に輝く空間で、ふたりの男が対峙(たいじ)している。

四辺の隅にはコーナーポストが立てられ、周囲にはロープが張りめぐらされている。それを見て、ようやく気がついた。これはリングだ。格闘技の会場だ。

煌々(こうこう)と照らされたマットの外側、薄闇のなかには観客がひしめいている。だとすればリング上の男たちは闘技者か。なるほど、ゆえに半裸なのだなと悟る。

ボクシング――違う。グローブの類を装着していないということは、プロレスだ。どうやら自分はいま、プロレスの試合を観(み)ているらしい。

改めて、選手に目を凝らす。

ふたりとも、ギリシャ彫刻を思わせる体軀(たいく)――否、彫像になぞらえるには、すこしばかり心許(こころもと)ない肉体である。肩口や上腕こそ隆起しているものの、胸板は扁平(へんぺい)に近く、腹筋もまだ薄い。重厚な脂肪の鎧(よろい)をまとったベテランの身体(からだ)ではない。逞(たくま)しさより瑞々(みずみず)しさがまさる、いかにも新人らしい身体つきだ。

　まもなく、ひとりが両腕を高々とあげて「かかってこい」と、無言で相手に促した。

　乱雑に刈った短髪と、生白い肌。黒一色のショートタイツという飾り気のない衣装も手伝って、いささか幼く見える。唯一、まなざしだけが豹のように猛々しい。

　その正面に立つ青年は、いまだ構える気配を見せていない。

　肩までかかる長髪と、小麦色に焼けた肌。鮮やかな青のスパッツには、鷹を模したとおぼしき銀色の紋章がデザインされていた。眼前の黒タイツよりも外連味を帯びた衣装、そして猛禽類さながらの鋭い視線が「自分のほうが格上なのだ」と観客に告げている。

　黒タイツの新人が踏みこむと同時に、両者が組みあった。

　破裂音に似た音を立てて肉と肉がぶつかり、力比べがはじまる。ぎしり、ぎしりとリングシューズの軋む音だけが聞こえるなか、五秒が過ぎ、十秒が経ち——黒タイツがすばやく青スパッツの頭部を脇に抱えこみ、血管が浮くほど腕を締めあげた。

　ヘッドロックの万力をほどこうと、長髪の鷹がいきおいよく黒タイツを振り投げる。若き獣が一直線にロープへと走り、ぶつかる直前で身体を反転させた。太いロープがしなるほど背中をあずけ、反動のままリングの中央へ走り戻っていく。

　その瞬間を待っていたとばかりに長い髪を翼よろしくなびかせ、青年が宙を舞った。ぴんと伸びた両足が顔面に突き刺さり、猛獣は地響きをあげてマットへ倒れこんだ。

　まばらな拍手のなか、短髪の男は大の字になったまま動かない。なんとか受け身こそ取ったものの、思いのほかダメージが大きかったらしい。カクテルライトを浴びながらうつろな目で天井を見つめ、唇をかすかに動かしている。

なにを言っているのだろうか。思わず男の視線を追いかけ――。

俺は顔をあげた。

強烈な光に目を細める。次の瞬間、思いだした。

あれは自分だ。倒れているのは、俺だ。

そうだ、あのとき俺は仰向(あおむ)けに横たわり「眩(まぶ)しいなあ」と口にしたのだ。

デビュー戦。はじめての試合。ロックアップの攻防、不意打ちのドロップキック。緊張で痛みを感じる余裕すらなかったけれど、それでも心は躍っていた。会場を包む熱気、客席のざわめき。なによりも天井の明るさに興奮したのを憶(おぼ)えている。

おなじマットでも、薄暗い道場に置かれたリングとはまるで違う。先輩にしごかれて昏倒(こんとう)したところで、目に映るのは水銀灯の寒々とした鈍い光だけだった。だが、今日は新たな闘士の誕生を祝うかのごとく、眩(まばゆ)い光が俺めがけて降りそそいでいる。

あの日、あのとき、あの場所で、夢の扉は開いたのだ。

さて、その後に俺はどうなったのだっけ。立ちあがり反撃したのか、それともさらに攻めこまれたのか。勝ったのか、負けたのか。

夢の続きには、どんな結末が待っていたのか。

憶えているか、藤戸──。


「……藤戸さん、藤戸さんッ」

唐突な呼びかけに数秒ほど放心してから──俺は我にかえった。

呆然としながら周囲を見まわす。

カフェを模したスタジオと、それを取りかこむ無数のテレビカメラ。椅子に腰かける俺の両隣には、モヒカン頭の男性と派手な衣装をまとった女性が座っていた。

ようやく意識が明瞭りしてくる。ここは、プロレス会場ではない。

いま、自分はテレビ局のバラエティ番組にゲストで出演しているのだ。カラフルなセットの正面には、番組名らしき『プロに教えてもらいまSHOW』と書かれた看板が掛かっている。左右に座る男女は共演者、天から降る光は吊り下げられた無数の照明。先ほど目にした光景は二十年前の自分の試合、デビュー戦の映像だ。

やれやれ。夢の扉どころか、目を覚ましたまま夢を見ちまうとはな。

自身に呆れて苦笑する俺を、毒々しいジャケット姿の男が覗きこんだ。番組の司会を務めるタレントだが、名前はまったく憶えていない。

「なんだか目が潤んでいるようですが……懐かしさにジーンときちゃいました？」

あからさまな作り笑いを浮かべ、司会者が訊ねてくる。その顔がやけに腹立たしく、俺は「違ェよ」とぶっきらぼうに答えた。

「あまりの凡戦に、退屈すぎてアクビが出ただけだ」

すかさず隣のモヒカン男が「なに言うとるんですか！」とオーバーアクションで身を乗りだしてきた。人気のお笑い芸人らしいが、やはり名前は忘れてしまった。なんでも生粋のプロレスマニアで、今日着ているプロレスTシャツも私物なのだという。

「伝説のレスラー・ピューマ藤戸のデビュー戦映像なんて超レアやないですか。しかもそれを本人に解説してもらえる番組なんて、超レアどころか激レア、ホンマにこの場で入場料払いたいくらいですよ。ま、逆にギャラ貰ってるんですけどね」

モヒカン芸人の冗談に、スタッフ全員が過剰なほど大きな声で笑う。当初は戸惑ったものだが、これがバラエティ番組の〈作法〉だと理解してからは驚かなくなった。

不毛な爆笑を眺めながら、よく知った名前を口のなかで呟いてみる。

ピューマ藤戸──自分のリングネームだというのに、まったく実感が湧かない。

無理もない。現役を名乗ってはいるものの、最後に試合をしたのは二年も前になる。〈あの日〉以来、リングには一度も立っていない。リングネームで呼ばれる機会など、今日のようにメディアでマヌケな面を晒すときだけだ。

「じゃあ、ミコトちゃんにも聞いてみましょうか。いまの映像、いかがでしたか」

俺から有益なコメントを引きだせないと悟ったのだろう。司会者が、フリルだらけの衣装を着ているゲストの女性へマイクを向けた。

「え、あんまりわかんなかった」

俺以上の不躾なコメントに、乾いた笑いが起こる。

新進気鋭の若手アイドル——たしか、流星ミコトという名前だったはずだ。破天荒な言動がウリだそうで、先ほどからトレードマークの緑色に染めた髪をいじくりながら、司会者や芸人に辛辣かつエキセントリックな言葉を浴びせている。

「ちょっとミコトちゃん、リアクション低すぎ!」

あまりの鈍い反応に芸人が椅子から立ちあがった。むろん、これとて演出だろう。

「普通、あの試合を見たらなにかしら感じるやろ!」

「しょうがないじゃん、プロレスなんてはじめて見たし。映像も古くさいんだもん」

反論するミコトを呆れ顔で一瞥し、司会者が「どうやら、まだピューマ藤戸の凄さが伝わってないようですね」と溜め息をついた。

なるほど、いまの放言も想定の範囲内のようだ。ろくに読んでいないが、もしや台本に「このような流れになります」と書かれていたのだろうか。

「そんなミコトちゃんのために、今回はピューマ藤戸がどれほど偉大な選手なのか……教えてもらいまSHOW!」

毒ジャケットの司会が、お決まりのジェスチャーとおぼしきポーズをきめる。直後にスタジオが暗転し、俺のむさくるしい顔がモニタへ大写しになった。

重々しい調子の音楽に合わせ、ナレーションがスピーカーから流れはじめる。

《……ひそかに対戦相手を負傷させてリングから消し去る。そんな、映画のヒットマンさながらの役割を担っていたプロレスラーをご存知だろうか。彼の名はピューマ藤戸、五十一歳。大手プロレス団体で期待の新星と目されていた藤戸は、試合中にライバルの同期選手へ大怪我(おおけが)を負わせ、半ば引退へと追いこんでしまう。それを機に藤戸は退団、フリーのレスラーとして細々と生きる道を選んだ。だが、それはあくまで表向きの顔にすぎなかった。一匹狼(いっぴきおおかみ)の正体は、無法なレスラーを闇から闇へと葬り去る、おそるべき破壊屋だったのである……》

小声で「破壊屋じゃねェ。掃除屋だよ、この野郎」と吐き捨てる。

たしかに自分は、ギャラで揉(も)める外国人選手や跳ねっかえりの青二才を〈掃除〉する仕事──通称〈掃除屋(クリーナー)〉を秘密裏に請け負っていた。ところが二年前、スポーツ新聞に〈破壊屋(デストロイヤー)〉と紹介されて以来、そちらの誤った名前が定着してしまったのだ。

「掃くと壊すじゃ正反対だろうが」と、誤報のたびにクレームを入れてはいるものの、いっかな改善の気配はない。どうやらマスコミにとっては名称の正誤よりインパクトの有無が優先されるらしい。それを悟ってからはすっかり馬鹿馬鹿しくなり、気にしないよう努めている。そもそも二度と使うことのない俗称であるから、いまさら間違われたところで構わないのだが、それでも面白い気はしない。
不貞腐れつつモニタを眺めていると、ふいにＢＧＭが不穏なものに変わった。
《しかし……二年前のある事件が、彼を再び表舞台に押しあげた。〈破壊屋〉の内情をスクープされたすえに、同期選手を故意に負傷させたとの誤解を受け、その件を口実にビッグマッチへの出場を余儀なくされてしまったのだ》
映像が〈あの日〉の様子に切り替わる。ドームを埋め尽くす人の群れ。「プロレスを裏切りやがって」と罵声を浴びせる観客。「プロレスを信じてるぞ」と涙声で絶叫する観客。真っ白に輝くリングへ伸びた花道、そこを歩く、俺の背中。
《なんという運命の悪戯か、対戦相手に選ばれた格闘家は奇しくもかつて所属していた団体の後輩だった。とはいえ五十歳手前にさしかかり、長年の激闘で満身創痍の藤戸と連勝街道をひた走る若きチャンピオンでは、結果は火を見るよりもあきらか……誰もがそのように思っていた……しかし》
再びメロディーが転換し、試合の模様がモニタに映った。不敵な対戦相手に蹴られ、殴られ、血にまみれる老レスラー。一瞬、そのまなざしがアップになる。
《藤戸は死闘のすえに格闘家から勝利をもぎとり、プロレス界の救世主となったのだ。それから二年……いまもまだ藤戸は復帰戦をおこなっていない。破壊屋が再びリングに立つ瞬間を、ファンは夢見ているのだ……》

スタジオが明るくなるや、モヒカン芸人が立ちあがって拍手する。その喝采を横目で見ながら、俺はひどく白けていた。あまりにも煽りがすぎて自分の話とは思えない。

もっとも、出鱈目な名称を除けばナレーションは概ね正しかった。死闘という表現も誇張ではない。事実、その一戦で俺は生死の境をさまよっている。幸い負傷はあらかた癒えているから、その気になれば復帰も不可能ではない。だが。しかし。

こちらの心中を見透かしていたかのように、司会者が「そんな藤戸さんですが、残りワンマッチで引退を宣言しているんです」と神妙な調子で告げた。すかさずスタッフが「ええ」と驚きの声をあげ、モヒカン芸人が「ホンマですか」と追随する。

「もったいないッスよ、まだまだ現役でイケますって。なんで引退するんですか」

「……まあ、いろいろ考えたすえの結論でね」

嘘だった。

もののはずみで失言したのだ――とは、さすがに言えなかった。

ビッグマッチを終えての入院中、病院へ押しかけてきた雑誌記者があまりにしつこくあれやこれやと訊ねてくるものだから「あとひとりくらい殴る元気は残っているぜ」と答えた。要は「お前をぶちのめしてやろうか」と暗に威したのだが、記者は行間を読む能力に欠けていたようで「藤戸、残り一戦で引退」なる見出しの記事を掲載したのだ。

「まあ、そのうちみんな忘れるさ」と高を括っていたが、そうは問屋が卸さなかった。

引退試合は、いつ、どこで、誰とおこなわれるのか——なんとか言質を引きだそうとする連中に、俺は退院したその日から追われる羽目に陥ってしまったのだ。

おかげで、わけもわからずテレビへ出演し、請われるまま雑誌の取材を受ける日々が続いた。はじめこそ真面目な内容が多かったものの、うっかりバラエティ番組にゲスト出演したのを機に、風向きが変わった。俺の不機嫌な物言いが予想外に受け、その後はクイズ番組やらグルメ番組やらに、次々と呼ばれるようになった。ゆえに今日とて右も左もわからぬまま、バラエティ番組に出演しているというわけだ。

そんな日々を、正直——悪くないと思ってしまう自分がいる。

客寄せパンダを演じて銭を稼ぐ、闘いとは無縁の胡乱(うろん)な日常。かつての自分ならば、とうてい受け入れられなかった生き方だろう。

しかし、俺の役目は終わったのだ。旧友を支えるために続けた裏稼業も、すべてがあかるみになった現在では続けることもままならない。それ以前に気力が湧かない。闘う理由が見つからない。リングに立つ理由を見出(みいだ)せない。

だとしたら、もはやパンダに甘んじるしかないではないか。

もう充分だ、藤戸。お前はひたすら闘ってきた。抗(あらが)ってきた。すこしばかり楽な道を選んでもバチは当たらないはずだ。仕方がない。仕方がないんだ——。

「さあ、ミコトちゃん。どうでしたか」

気づくと、司会者が前のめり気味に毒舌アイドルへコメントを求めている。どうやら俺がぼんやり物思いに耽(ふけ)っているあいだも、粛々と番組は進行していたらしい。

「今度こそ、ハートに響くものがあったでしょ」

「え、全然」

場が静まった。

胡乱だった小娘の目に、太陽に刃(やいば)を翳(かざ)したような、ぎらりとした光が見えた。

「……いやいやいや、どういうことなん。アレ見たら誰でも感動するやろ!」

取りなすように芸人が声を張りあげる。それでも、小娘に動じる気配はない。

「だってさ、プロレスってベルトを獲(と)ったり、チャンピオンになったりするために闘うんでしょ。でも、このオジさんがトップに立つ可能性はもうないじゃん。だったらさ、引退試合なんかしないでさっさと辞めればいいのに。勝てないのに闘い続けるなんて、むなしいと思うけど」

司会者が黙り、モヒカンが固まる。視界の端でスタッフがなにやら叫んでいる。雰囲気から察するに、どうやら彼女の発言は台本から逸脱した〈反則〉らしい。

慌てふためく周囲とは裏腹に、俺は内心で思わず微笑(ほほえ)んでいた。

久々の反則攻撃に喜んでいる自分がいる。

やはり自分は、パンダではなくピューマなのかもしれない。

2

「……収録は以上になります、お疲れさまでしたぁ！」

ＡＤのかけ声でスタジオ内に拍手が響き、空気が一気に弛緩する。

あわや放送事故という場面は、司会者と芸人が丁々発止の遣りとりを見せ、なんとか軌道修正に成功した。問題発言も巧妙に編集され、なかったことにされるのだろう。

ミコトはいつのまにか姿を消していた。場の重さに居たたまれなくなったのか、それとも自分の役割を貫きとおしての行動なのか。

そんなことを考えつつスタッフに挨拶をしていた矢先、ディレクターの卯堂慎吾が近づいてくるなり、深々と頭を下げた。

「藤戸さん、なんだか妙な空気になってしまって申しわけありません。ミコトちゃん、あんなにプロレスを知らないとは思わなくて」

「気にしねェでくれ。なかなか刺激的な子じゃねェか」

まごうことなき本音だったが、卯堂はそのように捉えなかったらしい。しきりに頭を掻き「いや、あの子には困ってまして」と、聞いてもいない弁解を続けている。

「ミコトちゃん、《Ｃ－ｒｕｓｈ》ってアイドルグループに在籍してるんですけどね。

正直なところ、人気はグループ中で最下位なんですよ。マネージャーが熱心なもんで、ほうぼうに頼みこんであやってメディアに出演してはいるんですが、毒舌といっても限度がありますからね。あれは早晩、業界から干されちゃうだろうなあ」

「ふうん、どの世界も大変なもんだ」

あからさまな生返事で「べつだん興味もねえよ」と暗に告げる。しかし目の前の男はどこまでも鈍感らしく、こちらの機嫌をとりなそうとなおも食い下がってきた。

「あの、よければ打ち上げにご参加いただけませんか。〝何人かで軽く飲もう〟という話になってるんです。ミコトちゃんは来ませんから、ご心配いただかなくても」

「……気持ちはありがたいんだけどよ、今日はこのあと野暮用があってな」

出まかせで誘いを躱(かわ)す。とたん、卯堂の顔が険しくなった。

「ちょ、ちょっと。まさか引退試合の打ちあわせじゃないですよね。ラストマッチは、ウチの番組で独占取材させてもらう約束でしょ。藤戸さんの引退試合を担当するのは、僕の悲願なんですよ」

そんな約束などしてはいない。テレビ屋という人種は本当に軽薄なものだと可笑(おか)しくなってしまう。

「安心しな、引退試合が決まったらお前(め)ェさんに教えるからよ。じゃ、お疲れさん」

手をひらひらと振って、楽屋へと向かう。

　通路を歩きながら――俺はディレクターの言葉を頭のなかで反芻していた。

「あの娘、プロレスを知らねえ……ってのも、すこし違う気がするんだよなあ」

　職業柄、半可通を気どった連中に絡まれることは珍しくない。

　実は筋書きがあるんだろ、勝敗も決まっているんだろ、レスラーは弱いんだろ――。

　そのような疑問とも因縁ともつかぬ科白を、飽き飽きするほど聞かされたものだ。

　対処の方法は場合によって異なる。たいていは「じゃあ闘ってみるかい」と凄めば、「いや、あの、そういうつもりじゃ」と縮こまって終いになる。それでも駄目な場合は「おお、レスラーは弱ェよ。なにせ、この程度の力しかねえんだ」と胸板にチョップを叩きこんでやる。もちろん加減はするが、それでも素人にとっては呼吸が止まるほど強烈だから、それ以上反論してくる人間はほぼ皆無である。

　乱暴な遣り口だが、それでも俺などはまだ紳士的なクチだ。なかには眼前でウイスキーグラスを煎餅のように齧り砕き、血まみれの口で「これでも弱いってのか」と微笑んだ先輩レスラーもいるらしい。冷静に考えればまるで答えになっていないのだけれど、相手もその場のインパクトに飲まれてしまうのだろう。

　しかし、ミコトの言葉はそんな斜に構えた連中の疑念とは、どこか異なる気がした。

　もっと切実な、心の底からの叫びに思えてならなかった。

「……まあ、俺とは無関係の話だ。もう二度と会うこともねェだろうしな」

独りごちながら、《ピューマ藤戸様》と印刷された紙が貼られた個室のドアを開ける。

無人の部屋の隅へ放られた荷物。それを取ろうと伸ばした手が――。

止まった。

座卓の中央に一輪の花が置かれている。

まさか。おそるおそる摘みあげた花は、予想どおりプラスチック製の造花だった。

イミテーション・フラワー。鮮やかな偽物。華やかな嘘。

つまり――プロレスラー。これは〈掃除屋〉への依頼状だ。

「どういうこった……」

思わず呟く。

俺の裏稼業はいまや広く知れわたっており、造花が依頼のしるしだったことも周知の事実になっている。それを考えれば悪戯という可能性も否めないが――。

「違う」と直感が告げていた。警備の厳重なテレビ局へ侵入し、楽屋まで辿りつくのは至難の業だ。そこまで手間をかけて悪戯を試みる人間がいるとは思えない。

だとしたら、これは本物の〈依頼〉か。

ならば――誰が置いたというのか。

そして――誰を掃除しろというのか。

花を見つめるうち、卯堂へ吐いた言葉を思いだす。

今日はこのあと野暮用があってな――。

そうだ、こういうときはあいつへ相談するにかぎる。

生涯を通じての好敵手に、盟友に、相棒に。

3

「藤戸だろ、入れよ」

ドアを叩くよりも早く、病室のなかから声が聞こえた。

苦笑しつつノブを捻(ひね)って室内へ入る。とたん、消毒液のにおいが鼻をつき、無機質な医療機器の電子音が耳に届いた。

リノリウムの床。くすんだ壁とカーテン。どこか生命力に乏しい部屋。

そんな空間のなかで、ただひとつ生き生きとした存在――鷹沢雪夫(たかざわゆきお)が、ベッドの上に横たわったまま、微笑んでいた。

彼の病室を訪ねるのは半月ぶりだが、数時間前に若手時代の映像を見ていた所為(せい)か、久々に会ったような気がしない。精悍(せいかん)な顔立ちは現役時代と変わらないものの、肩まで伸びた髪は数日洗っていないのか脂気を帯びていた。

それも無理からぬ話だ。なにせ、かつての旧友は腰から下が動かないのだから。

プロレス団体《ネオ・ジパング》で、しのぎを削った同期のレスラー。

将来を有望視されながら、約束されていた輝かしい将来を喪った唯一無二の親友。

俺の未熟な技によって破壊され、十数年あまり昏睡状態におちいっていた悲劇の男。

その後、鷹沢は奇跡的に意識を取りもどしたものの、下半身には麻痺が残り、二年が過ぎたいまもベッドの上で二十四時間を過ごしている。

「どうだ、またノックする前に見舞い客がお前だと言いあててやったぞ」

自由の利く上半身を精いっぱい動かし、鷹沢が満面の笑みを浮かべる。

「十回連続で正解、記録更新だ」

「どうにも信じられねェな、実は監視カメラでもつけてんじゃねェのかよ」

俺の軽口を、朋友が鼻で笑う。

「足音、歩幅、靴の種類……なによりも、人がいない時間帯を狙っての見舞いなんて、お前しかいないのは誰でもわかるだろう」

毎度ながら、名推理に舌を巻く。現役時代から感覚の鋭い男だったが、いまは腰から下が動かないぶん、いっそう視力や聴力が研ぎ澄まされているのかもしれない。

「いっそ探偵にでもなっちまえよ、儲かるかもしんねェぞ」

そう言いながら丸椅子を引き寄せ、ベッド脇に腰掛ける。と、それを待っていたかのように鷹沢が「それで、テレビ出演はどうだったね」と訊ねてきた。

「え」

さすがに絶句してしまう。自分が何処でなにをしていたかなど、ひとことも口にしていない。そもそも今夜の見舞いとて急に決めたのだ。

なぜ——無言で問う俺へ、鷹沢はわずかに首を曲げて自身の頬を見せつけた。

「ドーランが目の下に残ってる。そんなものを塗られる場所は、ひとつしかない」

「……なるほどな。やっぱりお前ェさんの名推理にはかなわねェや」

驚嘆する俺に、戦友が微笑む。

「それにしても、あのピューマ藤戸がお茶の間の人気者とはな」

「単なる珍獣だよ。人気があるなァ、むしろお前ェさんのほうじゃねえか」

言いながら、ベッドの周囲に置かれた無数の花束へ目を遣る。

俺との関係が公になって以降、鷹沢のもとにも取材が殺到するようになった。本人の快活な性格もあってか、いまでは「不屈のハンディキャップ・レスラー」として、俺に勝るとも劣らない知名度を獲得している。

それが誇らしくもあり——申しわけなくもあった。

「で、今日はなんの番組だったんだ」

「参っちまったぜ。バラエティ番組で、デビュー戦の映像を無理やり見せられてよ」

俺の言葉に、鷹沢がいっそう大きな笑みを浮かべる。

「デビュー戦って、俺のドロップキックでお前が失神した試合か」

「まさしくその試合だよ。〝一ヶ月早くデビューしただけの野郎に負けるものか〟と気合いを入れたのに、結果はボロ負け。情けなさで〝辞めちまおうか〟と思ったんだぜ」

「仕方ないさ、若手の一ヶ月はベテランの一年だからな。そう悔しがるなよ」

「悔しいのは結果だけじゃねェ。あのころ、お前ェさんは美男の新人と持て囃されて、注目の的だったからな。コスチュームまで用意されてやがって、嫉妬したぜ」

鷹沢が「あの茄子色のスパッツか、あれはひどかった」と声をあげて笑う。

「あまりに気に入らないもんで勝手に黒タイツへ戻したんだ。おかげでコーチの堂鉄にしこたま張り倒されたっけ。まあ、いまとなっちゃ良い思い出だよ」

懐かしそうにそこまで語ると、旧友がおもむろに「佳い大会だったたな」と呟いた。

「佳い……大会だと」

驚きのあまり、鸚鵡返しに問う。あの日は自分のことで精いっぱい、そのあとどんな試合が組まれていたかなど記憶の片隅にもない。

正直にそう告白する俺へ、鷹沢が得意げに「俺の記憶力を舐めるなよ」と言った。

「俺たちのあとは長門さんと牛山さんのシングルマッチだった。職人肌の長門さんと、ラフファイトに定評のある牛山さんは意外にも手が合うんだ。観客も満足していたよ。第三試合は、浅岸さんがアマレスあがりのカナダ人選手とぶつかった。浅岸さんくらい巨体だと、外国人との肉弾戦も見栄えがする」

　その後も〈名探偵〉は、第四試合の詳細や第五試合の場外乱闘を、まるでいましがた見てきたかのように諳じてみせた。

「……そして、メインはいよいよネオの看板レスラー・カイザー牙井の登場だ。相手のブラジル人は図体がデカいだけのポンコツだったが、それでもさすがはリングの皇帝、堂々たるファイトで試合を進めた。若手のがむしゃらさ、ベテランの老獪さ、ヒールの小狡さ、ベビーフェイスの実直さ……プロレスすべてが内包された試合を軽々とやってのけた。牙井の勝利に興奮する観客の顔が、いまでも目に浮かぶよ」

「……お前ェさんの記憶力には、驚きを通りこして呆れちまったぜ。いったい、どんな脳味噌してやがんだよ」

　思わず問う。瞬間、友の瞳に寂しげな光が浮かんで、すぐに消えた。

「お前とは、過ごしてきた時間の長さが違うからな」

　そのひとことにハッとする。

　そうだ──俺にとっては遠い昔のデビュー戦も、意識を取りもどしてからまだ二年の鷹沢には、まだ過去の出来事ではないのだ。

「……悪い。そんなつもりで言ったわけじゃ」

「おいおい、気にすんな。それほど深い意味なんかないよ。それより……こんな時間にわざわざ来たってことは、なにか大切な話でもあったんじゃないのか」

「い、いや。別にそうじゃねェんだ」

握っていた花を、ポケットのなかへそっと押しこむ。

〈掃除屋〉の話を鷹沢に打ちあける――それはつまり、彼が失った時間について語るということだ。こんな遣り取りを交わしたあとで、それはできない。したくはない。

「昔のマヌケな試合を見ちまったもんで、お前にも教えてやろうと思っただけだよ」

「……そうか。分かった」

ちいさな声でそう漏らすと、友は窓の向こうへ視線を送った。

「……お前と闘った日は、試合のあともしばらく身体が痛かったよ。あのころは、肉体が痛みを感じてくれていた」

鷹沢は、しばらく窓から目を離さなかった。もしかして、景色が見たいのではなく、なにかを見たくないのだろうか。目を逸らしたいのは、俺か、それとも。

訊ねる勇気は、なかった。

4

病院を出て、冷たい夜風に肩をすくめる。

思わずポケットへ突っこんだ手が造花に触れ、心がいっそう沈んでいく。

結局——なにも言えなかった。

あんな顔を見てしまっては、相談などできなかった。

息を吐き、目の前のアスファルトへ視線を向ける。何処までも暗い。光が見えない。

デビュー戦が眩しい光だったとすれば、引退試合はこの道だ。暗黒の行路だ。

「パンダでいるのも悪くない」などと嘯いていた自分に腹が立つ。

このまま闘いから逃げ続けて、ぬるま湯にだらだらと浸かるつもりか、藤戸。いまも運命と格闘している友を見て、なにも思わないのか。

「鷹沢、俺はいったいどうすれ……」

かつん——背後の靴音に気づいて、俺は独白を止めた。

誰かが、自分を尾けている。

驚きはしない。英雄よろしく祀りあげられてこのかた、擦り寄ってくるのはサインや写真めあての人間ばかりではなかった。俺を倒して名を挙げようとする格闘家くずれや、自身の力を過大評価した無節操な若者に何度となく絡まれている。

しかし、今夜の尾行者はその手の輩ではない。

あの〈依頼状〉を贈った人物と考えて間違いないはずだ。わざわざ楽屋に忍びこんで造花を置く人間が、単なる腕自慢だとは考えにくい。

「……まあ、こういうときは先制攻撃が定石だよな」

独りごちてから、わずかに歩調を速める。焦ったのか背後の靴音もリズムを変える。気づかぬそぶりでスピードを緩々とあげ、曲がり角を見つけて身を隠す。

駆け足で追いついた影が獲物を見失い、「あれっ」と狼狽えた声を漏らす。すかさず背後にまわりこむと、こちらの気配に振りむいた相手の胸ぐらを摑んで捻じあげた。

「どういう了見だ、この野郎ッ」

威嚇しながら顔を睨みつける。瞬間、指の力が緩んだ。

「……お前ェさんは」

目の前に立っていたのは半日前に会ったばかりのアイドル、流星ミコトだった。

スタジオの美麗な衣装とは打って変わって、灰色のだぶついたパーカーにジーンズというラフないでたちをしている。目深に被ったフードからは緑色の髪が覗いていた。

「お嬢ちゃん、なにしてやがる」

「そんなの、返事をもらおうと尾行してたに決まってんじゃん。オジさんに花を贈ると願いごとを聞いてくれるんでしょ」

「あ……あの造花はお前ェさんの仕業か。願いごと……ってなァ、どういうことだ」

「あのさ、ウチのメンバーを全員殺してほしいんだけど」

「は」

予想もしなかった言葉に、二の句が継げず唖然とする。

こちらの反応に焦れたミコトが「だ、か、ら」と苛立ちの声をあげた。

「あたしが所属してるアイドルグループ《C－rush》のメンバーを、ランキングが最下位の子から順番に殺してほしいんだってば。全員いなくなれば、あたしがトップになれるでしょ。だから、お願い。殺し屋のオジさん、みんな殺しちゃってよ」

「……あのな、お嬢ちゃん。誤解してるようだから教えてやるけどよ」

あっけらかんとした口調に目眩をおぼえつつ、俺はミコトに向きなおった。

「まず、俺は殺し屋じゃねえ。破壊屋ってェのも大間違いで、正しい名前は掃除屋だ。業界のルールを破ったレスラーをリングでこっそり痛めつける……そういう仕事を昔は請け負っていた。ここまでは、グリーンのオツムでも理解できたかい」

不機嫌さを隠そうともせず、緑髪の少女はこちらを睨んでいる。構わずに俺は言葉を続けた。

「だがよ、お前ェさんが依頼してきた相手はアイドルのお嬢ちゃんたちだ。プロレスはおろか、格闘技さえ未経験のド素人をリングへあげるわけにはいかねェんだ。そもそも俺はこの二年、いっぺんも試合をしてねェし、掃除屋稼業だって店じまいしちまった。残念だが、お前ェさんの願いごとは聞けねェんだよ」

「殺してくれれば、リングだろうがステージだろうが場所は何処でもいいんだけど」

「そういう問題じゃねェんだ。いいか、今日の番組で言ったとおり、俺は〝引退試合のワンマッチしかやらねえ〟と宣言しちまったんだ。どうして残りひとつの貴重な試合で娘っ子と闘わなくちゃいけねェんだ。おまけにお前ェさん〝倒せ〟どころか〝殺せ〟ときたもんだ。そんな依頼、受けられるわけねェだろうが」

「じゃあさ、命は奪わなくてもいいよ。二度とアイドルができないよう顔を潰すとか、腕や足を捥ぎとるとかしてくれれば、それでオッケー」

まともに返事をする気も失せ、俺はその場に項垂れた。

「……なあ、なんで仲間を殺してェんだ。なにをそこまで憎んでやがるんだ」

ようやく言葉を絞りだす。一拍置いて、ミコトが寂しそうに笑った。

「あたし……メンバーから陰で〈破壊屋〉って呼ばれてるの。オジさんと一緒なの」

「えらく危なっかしい渾名だな。どういうこったい」

「顔も歌も十人並みだから、なにかアピールしなきゃ生き残れないと思って、大御所や先輩に物怖じせず嚙みついたんだけど、大失敗。おかげで炎上しちゃってグループにも迷惑かけちゃうし、レギュラーは降ろされるし、メンバーには無視されるし、せっかく出演できた今日の番組も台無しにしちゃったし。だから……誰かに壊してもらうしかないの。破壊するしかないの」

「あのなあ、さっき言ったとおり俺は破壊屋じゃねえ。掃除屋だ」

「そんなのどっちでもいいから、さっさと殺してよ！」

ミコトが金切り声で叫ぶ。呼応するように、冷たい風がふたりのあいだを吹きぬけた。

「トップ以外に価値なんてないの。レスラーだろうがアイドルだろうが、プロだったら山の頂（いただき）をめざすのは当然でしょ。でも……あたしはもう登れないんだよ」

「……とにかく、そんな物騒きわまる依頼はお断りだ。諦めな」

それきり、俺は沈黙した。

ちぎれそうなほど唇を嚙んでいた小娘が「……わかったよ」と低い声を漏らす。

「引き受けてくれないなら、これをネットにアップするから」

そう言うと、ミコトはパーカーのポケットからスマートフォンを取りだした。画面には、怒り狂う俺の顔がでかでかと表示されている。

「なんだよ、こいつァ」

「追っかけてるときから、ずっと動画を録（と）ってたの。さっき腕を摑んだ瞬間もバッチリ録画してある。これを編集して、あたしが涙ながらに〝藤戸さんに襲われました〟とか配信したら……どうなると思う？」

〈もうひとりの破壊屋〉が、得意げに笑う。

あまりの稚拙な脅迫に怒鳴りつけたくなるのを必死で堪（こら）え、俺は口を開いた。

「好きにしな。炎上騒ぎなら二年も前に厭（いや）というほど味わった。あのときに比べりゃ、こんなものは子供騙しのお遊戯だよ」

「……知らないよ、本気だからね」

血走った目で俺を睨みつけてから、少女が闇のかなたへ走り去っていく。

遠ざかる背中を見送りながら、俺は——迷っていた。

あの動画が拡まれば、しばらくはメディアに呼ばれなくなるだろう。とはいえ、別に困ることなどなにもない。いっときの夢から覚め、安穏とした日々が終わるだけだ。

俺はそれで良いとして、ミコトはどうなる。

あの子が本当に殺したいのは、壊したいのは——たぶん。

心の奥で、もうひとりの自分が「おい、面倒に首を突っこむなよ」と笑っている。

やめとけ、藤戸。お前はもう豹じゃない。要領よく生きる道をやっと見つけたんだ。

いまさら、なにができる。そもそも、どう闘うんだ。勝たずに勝利できるのか。

「うるせえな」

自分に向かって静かに吠える。衰えた牙を剝き、逡巡を追いはらう。

「勝とうが負けようが、挑まれたら闘う。それが俺の信条なんだよ」

深呼吸をして頬を叩き、覚悟を決める。

「こうなりゃ……タッグマッチだ」

俺は踵をかえし、病院への道を戻りはじめた。

5

「……なるほど、こいつは傑作だ」

　俺が話を終えると同時に、鷹沢の笑い声が病室に響きわたった。

「おい、そんなに馬鹿にするこたァねえだろうがよ。こっちァ真剣なんだぜ」

「笑いたくもなるさ。出ていったはずのお前が帰ってきたと思ったら〝実は、さっき相談がしたかったんだよ〟なんて殊勝な顔で言うもんで、いったいなにごとかと思いきや〝アイドルの大虐殺を阻止してくれ〟とはね。いやはや、人気者も大変だな」

「揶揄(からか)うなァそのへんで勘弁してくれ。なあ、俺はどうすりゃいい。教えてくれよ」

　拝み倒すような仕草の俺をしばらく愉快そうに眺めてから、

「あの日の試合……お前とのデビュー戦は佳いファイトだったな」

「……お、おう。そうだな」

「第一試合だけじゃない。大会の流れがすばらしく良かった。そう思わないか」

　鷹沢は、さっきと同様の科白を口にした。

「……いや、俺ァ自分の試合で手一杯でよ。ほかの試合は見てねェんだ」

　数時間前とおなじ答えを口にしながら、俺は不安をおぼえた。もしや鷹沢は記憶に影響が出ているのだろうか。

　と——こちらの内心を見抜いた相棒が、静かに微笑んだ。

「さてはお前、俺が身体だけじゃなく頭までおかしくなったと早合点してるな」

「いや……べ、別にそんなこたァ」

「まあ落ちついて聞けよ。その番組では、お前の試合しか紹介しなかったんだろ」

「そりゃ、テレビには尺ってもんがあるからな」

「尺ときたか。ずいぶん業界じみた言葉を使うもんだ」

「おい名探偵、焦らさずにさっさと答えを言いやがれ」

　苛つく俺を、鷹沢が正面から見据えた。

「もう一度聞くぞ。その娘さんは、プロレスを見たのはそのときがはじめてなんだな。大会を全部見たことはないんだな。どう始まり、どう終わるかは知らないんだよな」

「あ……待てよ。そういうことか……なるほどな、その手があったか」

　ようやく俺は朋友の意図を悟り、思わず膝を打った。

　得心する俺を見つめながら、鷹沢が言葉を続ける。

「そのお嬢さんが、どうしてメンバーを殺したがっているのか……その本当の理由は、お前もなんとなく気づいているんだろ。だとしたら藤戸……解決策は、プロレスしかない」

〈動けぬ名探偵〉の言葉に納得しつつも、俺は素直に頷けなかった。

自分の推理が合っていたとして、本当にあの子の悩みを壊せるのか。憂いを破壊できるのか。その力が、俺には残っているのか。

「藤戸」

押し黙ったままの俺に、鷹沢がひときわ強い声で呼びかける。

「自分自身が信じられなくても、プロレスは信じられるだろ」

そのひとことは、自分でも驚くほど腑に落ちた。

俺が倒すのではない。プロレスが、ミコトの憂いを倒すのだ。

「ああ……もちろん信じているぜ」

俯いていた顔をあげる。窓の向こうに見える街灯の光が、やけに眩しかった。

「ひとまず……ブチ壊すための準備でもしておくか」

6

「ふ、藤戸やないか」

《大和プロレスリング》の道場に着くなり、めざとく俺を見つけた石倉平蔵が、うさんくさい笑顔を浮かべ駆けよってきた。ゆで卵に油を塗ったような顔があいかわらず鬱陶しい。かつては《ネオ・ジパング》でおなじ釜の飯を食った戦友だが、若手の台頭で自分のポジションが危うくなると見るや、老舗団体の《大和プロレス》へ移籍、中堅として活躍したのち社長の椅子におさまった、なんとも油断のならないタヌキ野郎だ。

忌々しいことに、この丸顔は二年前のビッグマッチにも深くかかわっている。以来、「引退試合はウチに権利がある」と豪語して憚らない。顔を合わせればその話になると分かっているため「面倒くせえ、次に会うのは石倉本人の葬式だな」と嘯いていた。

だが、今回の〈仕掛け〉には、この満月バカの協力が欠かせない。そんなわけで俺は今日、しぶしぶ道場を訪ねたのである。

「とうとう決断してくれたんか。ウチでラストマッチをする気になったんか」

うるせえと張り倒したいのを堪えて「ん、まあな」と曖昧に言葉を濁す。

「こいつはスゴいこっちゃで。伝説のレスラー、ピューマ藤戸の引退試合なら、ドームどころかアリーナクラスでも超満員まちがいなしや。いや、最後の舞台にウチを選んでくれて、ほんまおおきに」

石倉が俺の両手を握りしめて、何度も揺さぶった。脂っぽい掌を振り払いたい衝動を懸命に耐えつつ「まあまあ、そう焦るなよ」と、石倉の感謝を受けながした。

フルムーン社長に促されて道場に入るなり、選手たちがいっせいに「押忍！」と頭を下げる。動員では最大手の《ネオ・ジパング》に大きく水をあけられているとはいえ、さすがは老舗、レスラーの数はそれなりに多い。

汗だくでダンベルを持ちあげているのは、元格闘家の骸崎拓馬だった。ドームで俺と死闘を演じ敗北を喫したのち大和プロレスへ再入門、現在では同団体の花形として絶大な人気を誇っているらしい。

いっぽうリング上では、那賀晴臣がスパーリングをおこなっていた。若手時代に俺が〈掃除〉したことのある選手だが、当時よりも体躯がふたまわり大きくなっているのに感心してしまった。負傷にめげず過酷なトレーニングに黙々と時間を費やしてきたのが容易にわかる。顔立ちからも、あのころの傲慢さが消え、静かな余裕が感じられた。

ほかの選手も良い顔をしている。好い身体をしている。

どれだけ真剣に、愚直に、誠実にプロレスと向きあっているか、身体が答えている。

よし――これだけ逸材が揃っていれば〈仕掛け〉も問題なさそうだな。

胸のうちでガッツポーズを作ってから、俺は「でもなあ」と声を張りあげた。

「引退試合をやるにしても、どの選手が相応しいか……試合を見ねえことにはなんとも言えねえからなあ。さて、誰と闘おうか」

俺の言葉に、ダンベルをあげていた骸崎の手が止まる。リングで若手を組みふせている那賀も、こちらへ聞き耳を立てていた。こちらの思惑などなにも知らない石倉が「そんなら、ちょうどベストタイミングの大会があるわ」と、上機嫌で手を叩いた。

「来週、大田区で次回シリーズの初戦がはじまるんや。ええカードばっかりやで」

「おお、それじゃあちょいとお邪魔しようかね。そういや……知りあいが〝プロレスを見てえ〟と言ってたんだけどよ、悪ィがチケットを二枚用意してもらえるかい」

「お安いご用や。特別リングサイドの最前席を用意するから、じっくりと最後の相手を品定めしてくれ」

「ありがてえ。第一試合からメインまで、たっぷり観戦させてもらうぜ。強いか弱いかだけじゃなく、どのくらい観客を夢中にさせられるかも重要だからな。考えようによっちゃ、最後に中堅や新人とぶつかるのも悪くねェと思ってんだ」

誰にともなく大声で語る。

新人からベテランまで、道場にいるすべての選手が、目と耳をこちらに向けていた。

作戦成功――この様子なら俺が会場に顔を見せれば、出場選手はひとり残らず全力でファイトするはずだ。

さて、これで種は蒔いた。あとは信じるしかない。

「……頼むぜ」

リングに向かって、俺は祈るように呟いた。

7

暮れなずむ空の下、体育館に人々が次々と吸いこまれていく。

その流れを阻むかのごとく、玄関のまんなかにグレーのパーカーを着た流星ミコトが立っていた。俺の姿を認めるなり、つかつかと歩みより「遅いんだけど」と詰る。

「来ないかと思った。ねえ、本当に約束守ってくれるんだよね」

「そう焦りなさんな。話は入場してからだ」

受付でチケットを二枚手渡し、半券をもらって先を歩く。ロビーには《大和プロレス・クラウンロードツアー》と書かれたポスターが何枚も貼られていた。

Tシャツやタオルが置かれた売店を横目に館内へ足を進める。リングの周囲に整然と並んでいるパイプ椅子は、七割ほどが埋まっていた。石倉のタコ太郎から「プロレスが人気を盛りかえしている」とは聞いていたが、まんざら大ボラでもないらしい。

椅子の背もたれに貼られた番号札を確認し、腰を下ろす。隣に座るなり、ミコトが「ちょっと、マジで約束は守ってくれるんだよね」と念を押してきた。

「ああ、電話で伝えたとおりだ。これから、この体育館で大和プロレスの大会がある。全部で四試合。数こそ多くねェが、どの試合も太鼓判を押せるクオリティだ。そいつを観て、お前ェさんが一ミリも心を動かされなかったら、俺の負け、プロレスの敗北だ。約束どおり、お前ェさんが所属するグループのメンバー全員を殺してやるよ。トップになれねェ人間は無価値だ……ってお前ェさんの意見も受け入れる。ただし」

そこで言葉を止めて、ミコトを睨む。少女に物怖じする様子はない。

「もしも、お前ェさんが一瞬でも心を動かされたら……くだらねェ騒ぎで耳目を集めるような真似は金輪際やめてもらう。それでどうだ」

「いいけど、ルールが微妙すぎ。あたしが〝ぜんぜん感動してない〟って言い張ったらどうすんの。ちゃんとフェアに勝負したいんだけど」

なるほど、見た目や物言いのわりに頭の回転は速いようだ。おまけに性根は曲がっていない。ひそかに感心しつつ「そうさな……」と顎をさすりながら数秒考える。

「だったらよ、〝思わず椅子から立ちあがったら負け〟てェのはどうだい」

「本気で言ってんの。あたしが最後まで座ってればいいだけじゃん。楽勝でしょ」

「さァて、それはどうかな。俺ァ、若手の時分から不利な闘いほど燃えるタチでね」

「……馬鹿みたい」

頰を膨らませながら、ミコトが椅子へ深々と座りなおす。

その様子を不敵な顔で眺めながら——俺は背中にべっとりと汗を搔いていた。

本当に勝てるのか藤戸。相手は素人、おまけに勝敗は相手の気持ちひとつなんだぞ。

リングで無法者を張り倒すのとはわけが違う。あまりに危険な賭けじゃないか。もうひとりの自分が発する警告に「分かってるよ、うるせェな」と毒づく。

ここまで来たら、賭けるしかねえだろうが。

俺自身の勘を、プロレスを信じるしかねえだろうが。

拳を握りしめて祈るなか、大会の開幕を告げる音楽が流れはじめた。


第一試合は、若手同士のシングルマッチだった。

青コーナーの選手は逸る気持ちを抑えきれないのか、しきりに頬を叩いている。五分刈りをようやく卒業したとおぼしき毬栗頭がキャリアの浅さを知らせていた。対する赤コーナーの長髪もルーキーらしく、所作のはしばしに初々しさが残っている。

ゴングが鳴るや、ふたりが吠えながらリングの中央でぶつかりあった。

グラウンドの攻防も試みているものの、技らしい技などほとんどない。胸板へ逆水平チョップを打ちこみ、首めがけてエルボーをぶつける。やがて、早くも息が切れはじめた毬栗頭を、先輩ルーキーが担ぎあげてマットに投げ落とした。

「……なんか、この前の番組で見た映像みたい」

ミコトがつまらなそうに呟く。

「ああ、新人は技術なんて皆無だからな。気迫で相手を打ち負かすより手はねェのよ」

俺が告げた直後、毬栗が絶叫しながら肘を叩きこんだ。負けずに相手も打ちかえす。しばらくエルボーの応酬が続き、たまらずに坊主頭がよろめいた。すかさず先輩格がコーナーポストへ不器用に駆けあがり、肩から相手にぶつかっていく。転がったところへ覆い被さるや、レフェリーがマットを叩いた。すぐさま毬栗がフォールを跳ねかえし、この日はじめての拍手が会場に響く。

「へえ、倒れちゃっても負けじゃないんだ。変なの」

首を傾げたミコトに「それじゃ相撲になっちまうだろ」と苦笑する。

「プロレスってのは、両肩をついた状態で押さえこまれてカウントを三つ取られるか、ギブアップするまで終わらねえんだよ」

解説するあいだも、リングでは一進一退のせめぎあいが続いている。

再びの肘合戦に毬栗頭がぐらつき、前のめりに倒れこむ。すかさず長髪がまたがり、片足を抱えると思いきり弓形に身体を反らせた。逆エビ固めだ。

毬栗がロープへ腕を伸ばす。それでも先輩は手を緩めず、さらに身体を絞りあげる。たまらずに坊主がマットを連打し、直後にゴングが打ち鳴らされた。

「ねえ……なんであの人、最後にロープを摑もうとしたの」

「ロープに手が触れたら、かけている技をほどくのが決まりなんだ」

「なるほどね、技から逃げる根性もお客さんは評価するんだ。ダメな子が頑張る姿にも拍手するのって、ちょっとアイドルっぽいかも」

ミコトがさらりと言ってのけた科白に、俺は思わず唸っていた。非常識な小娘だとばかり思っていたが、なかなかどうして理解が早い。

そうこうしているうちに第二試合がはじまった。

にぎやかなラテン調のＢＧＭに乗って、メキシコ出身の小柄なマスクマンがリングへ駆けてくる。対角線のコーナーには、すでに対戦相手の外国人選手が待ち構えていた。風貌からしてアメリカかカナダあたりの出身だろうか。体格こそ立派だが、その顔には覇気がまるで感じられない。大人と子供ほど体格差のあるメキシカンを、あからさまに軽んじているのが見てとれた。

「米国から襲来した巨獣、レックス・バートン！」

リングアナのコールにも無反応で、ロープにもたれてガムを嚙んでいる。

その不遜な態度は、ゴングが鳴ってからも変わらなかった。関節を極め、投げ技に転じようとするマスクマンを軽くいなしている。試合をスウィングさせる気がないのだ。

「……あのレックスって選手、なんか嫌い。強いけど強くない」

ミコトが両足をだらんと伸ばし、棘のある口調で吐き捨てた。

「どういうこった」

「自分のほうが強いとわかってて、相手の気持ちに応える気がない。アイドルにもよく居るんだよね、ああいう努力をバカにするバカ」

彼女が忌々しげに呟いた直後、飛び技を空中で軽々と受けとめられたマスクマンが、乱暴にマットへ放りだされた。その身体をレックスが片足で押さえつけ、レフェリーへフォールを促す。

と、メキシカンが巨人の足首を両腕で巻きこむように抱えると、その場で回転した。予想外の攻めにバランスを崩し、レックスがよろけて仰向けに倒れこむ。すかさずマスクマンが巨体を飛び越えるように前転し、相手の真上で美しいブリッジを見せた。

「お見事、ジャックナイフだ！」

俺が叫ぶと同時に、レフェリーがカウントスリーを叩く。

「ウソ……ちっちゃい選手が秒殺しちゃったじゃん。なにこれ」

ミコトがリングを凝視したまま、口をぽかんと開けている。

「カウントを取る手段は、力だけじゃねえのさ。知恵と技術があれば、強敵が相手でも勝ち目はあるってことよ」

「ふうん……」

あいかわらず素っ気ない口ぶりだが、先ほどまでの退屈な気配は感じられない。

続く第三試合、中堅が率いるヒール軍団と正統派グループのタッグマッチは開始から早々に荒れた。ゴングを待たずしてヒール軍が一斉に襲いかかり、パイプ椅子や木刀で相手チームをたちまち流血に追いこんだのだ。

「ちょっと、あれってヒドくない？　なんで誰も止めないの。警察呼びなよ」

「プロレスじゃ、反則攻撃はファイブカウントまで許されるんだ。しかもレフェリーに見つからない場合は反則に数えられねえ」

「……なにそれ、アタマにくる。この世の中みたい」

どうやらミコトは本気で怒っているらしい。ときおりヒール連中の横暴に舌を打ち、「レフェリー、どこに目ぇつけてんだよ！」と詰っている。

結局、試合は凶器攻撃をねらったヒール同士が誤爆した隙をつき、正統派のエースがあざやかにフォール勝ちをおさめた。

悪態をついてリングを去るヒール軍団に、ミコトが「ざまあみろ」と中指を立てる。

彼女がわずかに腰を浮かせているのに気づき、俺は笑いそうになった。

「どうだい嬢ちゃん、ちょいとは心が動かされはじめたんじゃねえか」

「べ、別に」

ミコトが真顔に戻って椅子に深く座りなおす。そのさまに苦笑した刹那、ハードロックが鳴り響き、数名の観客が花道まで走り寄った。

「さあ、いよいよメインイベントだぜ」

俺の言葉へ応えるように、花道から那賀晴臣が登場した。

《大和プロレス》生え抜きの自負を感じる、堂々とした足取り。すでに多くのファンを獲得しているらしく、リングにあがってコールを受けるや万雷の拍手が鳴り響いた。

名実ともに人気選手になったということか——しみじみとしたのも束の間、管弦楽のクラシック曲が会場中に轟き、反対側の入場口に倍以上の観客が殺到した。

姿をあらわした〈捕食者〉こと骸崎拓馬が、観客の手拍子を煽りつつリングサイドを悠々と周回する。以前は格闘家然とした細身の体型をウリにしていたが、この二年で〈プロレス仕様〉へ肉体改造したらしく、筋肉もぐっと厚みを増している。

と——骸崎が俺に目を留めて、わずかに頷いた。「成長を見せてやる」という静かなアピール。こちらが微笑むのを見届けると、かつて〈捕食者〉と呼ばれた男はロープを飛び越え、あざやかにリングへ降りたった。

リングコールからゆったりと間を置いて、ゴングが鳴る。それでも、お互いすぐには動かない。じりじりと距離を詰め、相手の出方を窺う。

最初に動いたのは那賀だった。組みあうと見せかけての爪先蹴り。腹部に不意打ちを食らって屈みこんだ骸崎の背中を、肘と拳で何度も殴打していく。

五発、六発。猛牛のナックルは止まらない。「早々に決着をつける気か」と、客席が緊張に包まれた次の瞬間、骸崎が隙をついて上段回し蹴りをはなった。とっさに那賀がバックステップで身を引く。蹴り足が鼻先を掠め、観客がどよめく。

睨みあう両者に、割れんばかりの拍手が送られる。

ミコトの様子をたしかめるのも忘れ、俺はリングへ釘付けになっていた。

俺が〈掃除〉したときは双方とも青くささの残るファイトスタイルだったが、いまやその面影は微塵もない。堂々たる闘いぶりで、相手を、会場を煽っている。

再びのロックアップから、リングを立体的に使用してのロープワークへと移行する。不意をついて那賀が重厚なラリアットを決め、骸崎がいかにも元キックボクサーらしい飛び膝蹴りで反撃する。そのたび、会場に拍手と声援がこだました。

良い試合だ。技巧と荒々しさが同居する、上質のプロレスだ。

感心したのも束の間、試合開始からおよそ十分過ぎに潮目が変わった。

骸崎の攻めが粗くなっている。キックやパンチの精度が落ち、しきりに大見得ばかり切っては俺の座るリングサイドへアピールを繰りかえしていた。最初こそ盛んに拍手を送っていた客の反応が鈍っている。しかし本人は、そのことに気づいていない。

なるほど、引退試合の相手は自分だと主張しているつもりなのだろう。だが、それは危うい。観客をおざなりにしては、試合に勝っても本当の勝者にはなれない。

あんのじょう骸崎は、油断したところを那賀に背後から襲われ、形勢が一気に逆転した。いっぽうの那賀も攻撃のリズムが甘い。メリハリに乏しいラフファイトが続き、定型のコンビネーションをなぞるばかりになっている。

不味(まず)いな――ちいさく舌打ちをする。彼らにとっては単なる地方大会の一試合だが、俺にとっては一度きりの真剣勝負なのだ。お前たちに、プロレスに賭けているのだ。

仕方がねえ、すこしばかり〈乱入〉させてもらうか。

声援が途絶えた一瞬をみはからい、大きく息を吸って――俺は吠えた。

「おい、プロレスなんてそんなもんか！」

客の九割方は、愚にもつかぬ野次だと思ったはずだ。真意に気づいたのはリング上のふたりと――隣に座る〈対戦相手〉だけだった。

とどめのキックを見舞おうと掲げた骸崎の足が、空中で静止する。コーナーポストにもたれている那賀にも俺の声は届いたらしく、表情をこわばらせていた。

両者が互いを睨み、視線で頷きあう。

飛び膝蹴りをぎりぎりで躱して骸崎を抱え、猛牛が一気にバックドロップを決める。雷鳴を思わせる地響き。レフェリーがカウントを叩くまもなく骸崎が立ちあがって、相手の喉元に手刀を叩きこんだ。負けじと那賀がチョップを返す。

蹴り、拳、肘、膝。技術を棄(す)てたふたつの肉体が、気迫と執念をぶつけあう。攻撃が決まるたび、客席がひとかたまりになって咆哮(ほうこう)する。

蓄積したダメージの所為で、那賀の反撃が一瞬遅れた。そのタイミングを見逃さず、骸崎が勝負を賭けた。その場で高々と跳躍し、開いた両足を那賀の首筋にまわす。

ドロップキック――否、違う。相手の頭部を挟みこんで、バク転の要領で叩きつけるフランケンシュタイナーか。派手な技だが、とどめの一撃としては説得力に欠ける。やはり、これが彼らの限界か。弟子とも怨敵ともつかぬ若者を信じてはみたが「佳い試合」ではあっても「凄い試合」にはならないのか。

静かに落胆した、その直後――骸崎がちらりと俺に視線を向けて、笑った。

左足を那賀の首に絡めたまま右足を縮め、右膝を相手の顎へまっすぐに打ちはなつ。打ち上げ花火を思わせる打撃音がこだまし、野牛が後方へ倒れこむ。その巨体めがけ骸崎がひらりと舞いおり、そのままフォールへと転じた。

レフェリーがカウントを叩く。ワン、ツー。スリーを数えた瞬間、会場が爆発した。興奮のあまり観客の多くが立ちあがっている。

もちろん、ミコトもそのひとりだった。すこしでもリングに近づこうと椅子から立ちあがり、爪先立ちで背伸びをしながら目の前の光景を直視している。

俺の勝ち――否、プロレスの勝利だ。

ひそかに安堵するなか、骸崎がマイクを握った。メインイベントの勝者は、その日の興行を締めるのが決まりだ。

「……さっきの技は、いつの日か倒してやると思っていた〈ある選手〉への対策として考えていた必殺技でした。でも……今日の那賀は力を温存して勝てるほど甘い相手じゃなかった。秘策を公開してしまったのは悔しいけど、奥の手を出さなきゃ勝てないライバルがいるのは、嬉しいです。楽しいです……やっぱりプロレスは最高です。」

心からの言葉に、再び会場がどっと沸いた。

8

体育館を抜け、雑踏が流れていく駅前と反対方向に進む。すっかり人が途切れたあたりで、俺は「どうだい」と隣を歩くミコトに告げた。

「メインは別格だっただろう」

水銀灯の真下で、少女が足を止める。

「……違う。全部の試合が格別だった」

口調の変化に驚く俺をよそに、ミコトは大きく息を吸うと一気に語りはじめた。

「第一試合は技術のない若手が執念でぶつかる。第二試合では力を頭脳が打ち負かす。第三試合で悪役とヒーローを闘わせて〝ああ、これがプロレスの楽しみかたなんだ〟と油断させておいて、メインではそれをひっくりかえす。善悪を超越した、執念と技術と華やかさが全部入った試合で、お客さんをプロレスそのものの虜にさせる。どの試合が欠けても百点にならない、全員が主人公の物語だった」

止まらぬ解説に舌を巻く。本当に今日が初観戦とは思えないほど、興行の意図を熟知している。やはり、賢(さか)しい子なのだろう。だからこそ思い悩み、傷つくのだろう。

「……私の負け。ううん、プロレスの勝ち」

静かに頭を下げたミコトに一歩近づき、口を開く。

「だったら……これで、自殺は思いとどまってくれるよな」

俺の言葉に、顔から笑みが消えた。

「なんで、死にたいと思ってたことを知ってるの……誰にも言ってないのに」

「いいや。お前さんはこのあいだ、無意識のうちに告白していたのさ。〝自分が所属するグループのメンバーを、ランキング最下位から順番に殺してほしい〟ってな。だが、あのヘッポコ番組のディレクターは、お前ェさんのことを〝グループのなかでは人気が最下位だ〟と言ってたんだよ。つまり、最初に殺されるのは自分ってことになる」

「あ」

ミコトが両手で口を覆う。

「本当に手段を選ばず成りあがるつもりなら〝上の連中を始末してほしい〟と依頼するはずだ。〝最下位〟と口にしたのは、どこかで自分自身を壊してほしいと思っていたからだ」

しばらく沈黙してから、緑髪の少女が長々と息を吐いた。

「……自分じゃ死ぬ勇気がなくてさ。だから、誰かにとどめを刺してもらいたかった。最初から分かってたんだよね。トップの子を潰しても、可愛い子を追いだしても、それであたしが支持されるわけじゃない。主役になれるわけじゃないって」

唇を固く結び、ミコトはこちらに背を向けた。肩がかすかに震えている。

あえて顔を逸らしたまま、俺は虚空に向かって語りかけた。

「……お前ェさんは〝誰でも山の頂をめざすもんだ〟と言ってたよな。でもよ、裾野がなくっちゃ山は成りたたねえんだ。天辺に向かって歩くのが悪いたァ言わねえ。そのための努力や精進は大切だ。だが、裾野には裾野の喜びがあるんだ。中腹にも八合目にも意味はあるんだ。だから……〈かけがえのない裾野〉になろうとするのも、悪くねェと思うんだがな」

ミコトはなにも答えない。スポットライトを浴びるように、水銀灯の下に立ち尽くしている。

やはり、届かなかったか。通じなかったか。悔しさに拳を握る。

と——おもむろにフードを翻し、少女がにこやかに振りむいた。

「もういいの、アイドルは引退することに決めたし」

「お、おい、ちょっと待てよ。どういうこった」

「今日、新しい夢が決まったから。あたし……世界初の女性プロレスラーになる！」

「……あの、ええと、実はよ」

すこし口籠ってから、俺は目の前の小娘におそるおそる告げた。

「……女子プロレスは、すでに存在するんだ」

「え」

きょとんとした顔のミコトに、おずおずと告げる。

「俺ァほとんど交流はねェが、女子プロレスの団体はいくつかあるんだ。アイドル顔負けな選手ばかりの大手から、強さ重視でハードが売りの団体まで百花繚乱だよ」

「ちょっとオジさん、どうしてそういう大事なことを黙ってんのさ。早く言ってくれたら、さっさと入団したのに」

「む、無茶言うなこの野郎。数秒前にお前ェさんの夢を聞いたばっかりなんだぞ」

戸惑う俺を睨んでから、ミコトは「ま、いいや」と笑顔を浮かべた。

「今回は特別に許してあげるから、お詫びに約束して。藤戸さんの引退興行のときは、あたしの試合も組んでくれるって」

「……いや、軽々しく言うけどよ、プロレスってなァ契約とか団体同士のしがらみとか面倒がいろいろあってだな……」

戸惑うこちらの鼻先に、ミコトが握り拳を突きつける。

「そんな常識、ぶち破るのがプロレスの魅力でしょ！」

突拍子もない、けれどもまっすぐな言葉に——俺は思わず笑ってしまった。

声をあげて、久々に心から笑った。

「分かったよ。夢が叶うその日まで、頑張って心も身体も鍛えておきな」

「……じゃあさ」

俺につられるがまま微笑んでいたミコトが、突然真顔に戻った。

「今日のお礼に秘密の情報を教えてあげる。オジさんが意地悪な人だったら言わないでおこうと思ったんだけど、あたしが試合できなくなると困るからさ」

早口で喋りながら、ミコトがスマートフォンを両手で器用にいじり、こちらに向かって突きだした。長方形の画面には、インターネットの有名動画サイトが表示されている。いくつも並んだちいさな画面のひとつに、豹柄のマスクを被った男が写っていた。

「……なんだ、こいつァ」

ネオを退団してからのわずかな期間、俺はマスクマンを装ってアンダーグラウンドな闘技に身を投じていた時期がある。男の被り物は、そのときのマスクによく似ていた。

でも、いや、まさか。混乱する俺を一瞥してから、ミコトが再生ボタンを押した。

マスクの男が、低い声でカメラに向かって語りはじめた。

《みなさんこんにちは。オレの名は……破壊屋。あの伝説のレスラー、ピューマ藤戸の

正式な後継者です》

「は」

口をあんぐり開けたまま、画面をまじまじと凝視する。

「いったいなんの冗談だ、こりゃ」

「ほら、あたしの渾名が〈破壊屋〉でしょ。だから名前でエゴサして見つけたの」

「なんだい、そのエゴマだかイグサだかってなァ」

「要するに検索したってこと。そしたら、このヤバい動画が出てきたってわけ」

「ヤバい……って、なにがだよ」

返事の代わりに、ミコトが長い爪で画面をこつこつと叩いた。

《では、これからデストロイを決行したいと思います》

言い終わるなり、画面が揺れだす。どうやらマスク男は夜の街を歩いているらしく、人気（ひとけ）の失せたアーケード街が映っている。ときおりレンズが街灯をとらえ、光で画面が真っ白になる。不吉な眩しさに、唾をごくりと飲みこんだ。

まもなく、前方にサラリーマンらしきスーツ姿の男性が見えた。マスク野郎の存在に気づいていないのか、サラリーマンは無防備でとぼとぼ歩いている。その背中めがけ、カメラが猛スピードで駆けより、男性を背後から羽交い締めにした。

「え、ちょ、なに」

抱えられて戸惑う声に続いて画面が大きく揺れ——重いかたまりが落下したような、ずん、という轟音がスピーカーから聞こえた。

「ワン、ツー……スリー」

マスクマンのものとおぼしき、カウントを数える声。しばしの静寂のあと、ゆっくりカメラが動きだす。

アスファルトの上に先ほどの男性が倒れていた。頭を押さえたまま、苦痛に呻き声をあげている。その姿を数秒ほど捉えてから、マスクの男が再び画面に顔を見せた。

《というわけで、本日もクーガー・スープレックス、大成功です》

「なんだと」

思わず声を漏らす。

クーガー・スープレックス。背後から相手の両脇へ腕を差し入れてバンザイの格好をとらせ、掌で両目を塞いで反り投げる必殺技。鷹沢を再起不能に追いこみ、骸崎を葬り去った、俺の代名詞。

プロでさえ受け身が難しいあの技を、この男は素人に見舞ったというのか。

マスクマンが画面を見据え、突き立てた親指を自身の首にあてて真横に引く。布から覗く唇が歪んでいる。愉しげに嗤っているのだと気づき、背筋に悪寒が走った。

《それでは、いつもの合言葉でお別れしましょう。常識、良識、この世のすべてを破壊

してやる。デストロォイ！》

映像が停止しても、俺はしばらく口を開けなかった。

ようやく深々と息を吐き「何者なんだよ」と訊ねる。ミコトは無言で首を振った。

「正体不明。てっきりオジさんの知りあいかと思ったんだけど」

「こんな野郎に心あたりなんざねェよ。そもそもこいつァ傷害事件だぞ。すぐに警察が捕まえるだろ」

「でも、ネットにそれらしいニュースは載ってないんだよ。再生数はまだ二桁だから、知名度はないけど……遊びじゃない気がする。たぶん……こいつ、まだ壊すよ」

ミコトの言葉に、ぞくりと寒気をおぼえる。

いましがたまで身体を包んでいた熱気は、とうに失せていた。

9

「……もしもし、私です」

暗闇に、男の低い声だけが響いている。むろん、顔は見えない。携帯電話の画面から漏れた光が、口許だけを鈍く照らしている。

「……あの男、動画の存在に気づいたようです」

電話の相手がなにごとかを告げたらしく、男が電話からわずかに顔を離し、道の先へ視線をめぐらせた。

百メートルほど先の路上で、あの男——藤戸が呆然と立ちつくしている。その隣では灰色のパーカーを着た小柄な人物が、心配そうに老レスラーを見つめていた。フードを目深に被っている所為で性別はわからない。少年、あるいは女だろうか。

「連れがいますね……いいえ、知らない人間です。どうしましょうか、必要とあれば破壊しますよ——。」

最後のひとことに、高揚が滲(にじ)んでいる。男の昂(たかぶ)りを悟ったのか、電話から先ほどより大きな声が漏れた。

「……はい、分かりました、ひとまず様子を見ることにします。ええ、なにもしませんよ。壊すときは、じっくり時間をかけたほうが愉しいですから」

画面に浮かびあがる唇が、わずかに歪んだ。

男は、心から愉しそうに嗤っていた。

第二話

生存競争（バトルロイヤル）

1

正方形のリングで、ふたりの男が激突している。

まごうことなきプロレスの試合、一対一のシングルマッチ。

熱気に乏しい客席の空気でも分かるとおり、ベルトを懸けたタイトルマッチの類ではない。地方大会の休憩前に用意された平凡な試合。帰路には観客の大半が忘れているであろう、箸休めの一戦だ。

相対した両選手の体格差が、その事実を告げている。

リング中央では、大柄の外国人選手が直立していた。たくましく張りつめた胸筋で、青色の吊りタイツが弓なりに沿っている。威風堂々と屹立するさまは、さながら大地に深く根を張る御神木のようだった。

そんな〈大樹〉めがけ、赤スパッツを穿いた日本人選手が懸命にエルボーを見舞っている。身長およそ百八十五センチ。上背は対戦相手にひけをとらないものの、如何せん体軀に厚みがない。手足の長さも手伝ってか、細身がなおのこと際立っている。

「おい、ビビってんじゃねえぞ！」

「ガリガリ兄ちゃん、根性見せろ！」

乱暴な野次に背中を押されたのか、赤スパッツがなおも攻撃を続けた。

二発、三発と肘を打ちこむものの、巨木に動じる気配はない。やがて連打の終了を確認すると、外国人選手は胸板を掌（てのひら）で軽くはらってから「こうやるんだよ」とばかりに手刀を振るった。逆水平チョップ——稲妻を思わせる激音に観客がざわめく。

痛みに悶絶（もんぜつ）し、痩身の選手がマット上をのたうちまわった。枯れ枝そっくりの身体（からだ）が転げるさまは、どこか滑稽にすら見える。瞳に宿る闘志の炎こそ消えていないものの、勝機などないのは誰の目にもあきらかだった。

私刑（リンチ）まがいの展開をぼんやり眺め、俺は自身の若手時代を回想していた。

あのころは過酷な練習と雑用に追われるあまり、丼飯を何杯食わされても体重がまるで増えずに悩んだものだ。リングで先輩選手と対峙（たいじ）した瞬間、身体つきの違いに絶望をおぼえたことさえある。目の前で奮闘している痩せっぽちも、当時の俺とおなじ悔しさを抱いているのだろうか。虚（むな）しさをおぼえているのだろうか。

当時の感情が胸の底に湧きあがる。勝てないなら、これ以上闘うことになんの意味があるんだ。俺はなぜ闘っているんだ。なにと闘っているんだ。

答えろよ、ピューマ。教えろよ、藤戸。

「……藤戸さん、藤戸さん」

脇をいきおいよく小突かれ、俺は正気に戻った。

慌てて周囲を見遣る。高い天井と水銀灯。リングの周囲を囲むパイプ椅子。ようやく自分がいま、地方都市の体育館で後方の壁にもたれていることを思いだす。

隣に立っている紳士然とした風貌の男——海江田修三が溜め息を吐いた。

「まったく……人を呼びだしておきながら上の空ですか」

出会ったころと変わらぬ棘のある言葉で、〈カイエナ〉が俺をちくりと刺す。

海江田は週刊誌を主戦場とするフリーのライターだ。巨大企業の汚職や大物政治家のスキャンダルなど、これまで数多くの特ダネを摑んでいる。あらゆる手段で獲物に喰らいつき、骨の髄までしゃぶり尽くす——取材のえげつなさから肉食動物のハイエナになぞらえ、業界では〈カイエナ〉の異名で呼ばれている。

かつての俺の裏稼業、無法レスラーを秘密裏に排除する〈掃除屋〉を白日のもとに晒したのも、ほかならぬこの男だった。とっくに遺恨は解消しているが、それでも気軽に会って飲み食いするような仲ではない。

今日、邂逅した目的はただひとつ。共闘の結成だった。

「悪ィな。若え選手の試合が懐かしくてよ、すこしばかり見入っちまった」

頭を掻く俺を一瞥し、タッグパートナーが仰々しく二度目の吐息を漏らす。

「まあ、藤戸さんが呆けているうちに、およそ事情は把握できました」

そう言うと、海江田は手にしているタブレットを指で叩いた。

長方形の画面には有名な動画サイトが表示されており、プロレスの覆面を被った男がレンズに向かって叫ぶ様子が映っている。半月ほど前に投稿された「通行人を急襲してプロレス技を仕掛ける」という内容の、きわめて悪趣味で危険な映像だ。

おまけに、あろうことか覆面野郎は俺の異名——正確には、マスコミが〈掃除屋〉を誤って記した〈破壊屋〉だが——を騙り、あまつさえ俺の必殺技まで使っていた。むろん、こんな男に心あたりなどない。

「要するに、この〈レスラーもどき〉の正体を突き止めてくれという話ですね」

そう言いながら、海江田はタブレットを器用に操ってメールを開いた。

「さっそく仲間に警察の報道発表資料を送ってもらいましたが、動画に該当する事件は見あたりません。被害届も出ていないようです」

「まだ騒ぎにはなってねェってことか。それにしても、コイツの目的はなんなんだ」

「この手の迷惑動画で注目を集めたがる連中なんて、いまどき珍しくもありませんよ。どれほど批判されようが非難の的になろうが、目立てば満足なんです」

「目立てば満足、ねえ……」

首を傾げた俺を、海江田が「納得していない様子ですね」と睨めつける。

図星だった。

スープレックスの綺麗な反り加減といい、相手が致命傷を負わぬよう巧妙に加減している点といい、どう考えても単なる素人とは思えなかった。それなりの経験者、つまりプロレスラーではないかと俺は睨んでいる。

しかし、レスラーであればこんな安っぽい動画で注目を集める理由などない。観客の声援を浴びてリングで闘う快楽は、チンケな襲撃など比べものにならないからだ。だとすれば、かならず別の目的があるに違いない。

そんな持論を告げるや、海江田が「なるほど」と頷いた。

「だから、プロレス会場を今日の待ちあわせ場所にしたわけですか」

さすがはカイエナ、こちらの思惑をすぐに察したらしい。

動画のマスクマンに似た体格の選手を探すため、俺はこの一ヶ月ほど各団体の大会へ足繁く通っていた。すでに今日の会場で六つめになる——のだが。

「それで……犯人の目星はついたんですか」

凄腕記者の問いに首を振る。俺の落胆へ同調するかのごとく、客席から長い溜め息が漏れた。赤スパッツが反撃を試みたものの、あえなく返り討ちに遭ったらしい。

「だからお前ェさんに頼んでるんだろうが。天下の敏腕ライター海江田修三先生なら、この程度のボンクラ一匹探しだすなんざ朝飯前だろ」

「ハイエナは犬じゃない、おだてたところで尻尾は振りませんよ」

　表情ひとつ変えずに、海江田がおべっかを一蹴する。

「とはいえ、最近は迷惑動画が社会問題になっていますからね。犯人の素性によっては面白い記事が書けるかもしれません。その代わり、執筆の際は藤戸さんも〈哀れな被害者〉としてインタビューに答えてくださいよ。〝人気の老レスラー、便乗犯に怒りの鉄拳〟か。うん、我ながらタイトルのセンスが冴えてるな」

「この野郎、老の字は余計だよ」

　自画自賛に腹が立ち、仇敵のネクタイを摑んで絞りあげる。〈凶器攻撃〉に咳きこみながら、海江田が「ちゃんと〈人気〉って言い添えたでしょう」と弁解した。

「現に……ほら」

　喉を押さえて通路の向こうを指す。

　示した先では、見知らぬ男が俺たちふたりを遠巻きにうかがっている。

「おおかた藤戸さんのファンですよ。サインしたほうがいいんじゃないですか」

「今日は一般客として来場したんだ。選手を差し置いてサインなんざできねぇよ」

「一般客とはご謙遜を。いまや、下手な芸能人より顔を知られていると思いますがね」

「迷惑な話だよ。俺ぁ、そんな生活なんざ求めて……」

言葉に詰まる。本当に求めていないのだろうか。

二年前、世間の注目を集める試合に勝利したことで、単なるロートルレスラーだった俺の知名度は跳ねあがった。最近はテレビや雑誌に呼ばれ、マヌケ面を晒す暮らしにもすっかりと慣れている。ときおり「こんな日々で良いのか」と自問してはみるものの、自答することはない。それが答えだ。この生き方を自分は求めているのだ。

たぶん俺はこのまま過去の栄光に縋って、ゆっくり表舞台から消えていくのだろう。それが老兵としての正しい選択なのだろう。

おかげで、あの場所はずいぶん遠くなってしまったが。

意識の赴くままに前方へ視線を戻すと、あいかわらず赤スパッツが一方的にいたぶられていた。ふと、試合開始から十五分以上が経っているのに気づく。当初は五分もあれば決着がつくと踏んでいたが、細身の選手は予想以上に根性があるらしい。

このまま粘れば、あるいは逆転も——。

もしかしたら、誰もが諦めていた勝ちを奪うことも——。

「とにかく」

海江田の声で、再び現実に引き戻される。

「ほかならぬ藤戸さんの頼みですから、この後も調べてみます。ただし、調査に際してふたつだけ質問させてください。まず、ひとつ」

そこでカイエナは科白を止め、こちらに向かってひとさし指を立てた。

「この件を鷹沢さんはご存知なんですか」

予想外の言葉に口籠ってしまう。

鷹沢雪夫――古巣で切磋琢磨した盟友。俺の未熟な技で昏睡状態に追いこんだ朋友。意識こそ取り戻したものの、いまも病院のベッドで動けぬままの親友。

彼には〈破壊屋〉の一件を伝えていない。告げるつもりもない。

当然だ、なにせ動画のマスクマンが見舞っていたクーガー・スープレックスは、あいつから選手生命を奪った技なのだから。

口を噤む俺を見て答えを悟ったのだろう、海江田が「知らないんですね」と呟く。

「藤戸さんの気持ちは理解できますが、あの技を食らった人間にしか分からない情報があるかもしれない。とはいえ私が話を聞くのはさすがに憚られます。次回、お見舞いへ行った際にでも、鷹沢さんに訊ねてもらえませんか」

わかった――と、素直に頷く気にはなれなかった。

なにを訊けというのか。あのときの感触を思いだしてくれ。あの瞬間の絶望を語ってくれ――そんな質問などできるわけがない。鷹沢はいまも動かぬ我が身と懸命に闘っている。そこに無粋な〈乱入〉などしたくはない。

じっと唇を嚙む俺を見つめ、海江田がさらに一本、指を立てた。

「もうひとつ……犯人を見つけてどうするつもりか教えてください」

「そりゃ、お前……」

再び口籠る。見つけたあとの対処まで考えてはいなかった。

「蛮行を止めたいだけなら警察に相談すればいいはずです。だが、あえて私に頼んだということは……藤戸さん、合法的じゃない解決策を考えているんじゃないですか」

「そんな物騒な真似はしねェよ。ただ……なにがしたいのかは、自分でも分からねえ」

観念して、正直な心境を吐露する。

「でもよ……どんな形であれ、俺はあの覆面男と闘わなくちゃいけねェ気がするんだ。勘違いすんなよ、ストリートファイトなんざするつもりはねェぜ。それでも、あの動画野郎がピューマ藤戸に憧れて生まれた〈亡霊〉だとしたら、葬るのは俺の役目だろ」

「勝てますか」

単刀直入で辛辣な問い。出ない答えを求め、俺はリングを見つめる。

マットの上では、青タイツがうつ伏せになった相手の背中に腰を落とし、両足を脇に抱えて折れんばかりに反りあげていた。ボストンクラブ——基本的な技だが、体重をしっかり乗せ、足首も丁寧に固定している。あれでは逃がれようがないだろう。

あんのじょう、数秒と待たずに赤スパッツが激しくマットを叩いた。レフェリーが両手で大きなバツ印を作り、ゴングが何度も打ち鳴らされる。

「十七分四十秒、ジョージ・マッスル選手の勝利です！」

予想していたとおりの結果だったのか、拍手はまばらだった。

そうだ、勝てるはずがない。結果は見えている。

なのに、どうして闘うんだ――。

休憩を告げるアナウンスに、観客がトイレや売店へぞろぞろ移動していく。その波に乗ろうと歩きはじめた海江田が、一瞬だけ足を止めた。

「進展があったら連絡します。それまでに、勝つ方法を考えておいてください」

遠ざかっていく靴音をじっと聞きながらも、俺はしばらく動けなかった。

2

「なんだよオッさん、まだ生きてたのか。元気そうで残念だぜ」

控え室のドアを開けるなり、根津達彦が嬉しそうに毒を吐いた。

根津は、今日の大会を主催しているプロレス団体《ブラッド・バトル・ビースト》、通称《BBB》の代表を務めるレスラーだ。〈針鼠〉なる渾名が示すとおり、試合中はトレードマークの金髪をワックスで逆立てているが、メインイベントを終えてシャワーでも浴びたのか、いまは濡れ髪が額にぺたりと貼りついていた。知らない人間が見たら人懐っこい不良青年と思うかもしれない。

もっとも、もうひとつのトレードマークを見ればそんな考えも一瞬で改まるはずだ。その肉体には、いたるところに傷跡が刻まれている。むしろ傷のない箇所を探すほうが難しいだろう。いずれも《ＢＢＢ》の代名詞、デスマッチによる名誉の負傷だった。

自他ともに業界大手と認める《ネオ・ジパング》《大和プロレス》の二団体に対し、インディペンデントを標榜（ひょうぼう）している《ＢＢＢ》は凶器と流血のデスマッチ路線で、狂信的なファンの支持を獲得している。最近では今日観（み）たような通常ルールの試合も定期的におこなっているものの、年間のおよそ半数はハードコア・マッチなのだという。そんな、ともすれば「ゲテモノめ」と業界の身内からも唾棄されがちな団体を、まさしく身を削りながら牽引（けんいん）してきたのが、この根津達彦だった。

バスタオルで髪を拭きながら〈濡れ鼠〉が「それにしても驚いたぜ」と笑う。

「まさかオッさんが〝今度の大会を観に行くよ〟なんて連絡をよこすとはな。おかげでいつ乱入してくるかヒヤヒヤして、試合に集中できなかったじゃねえか」

「なに、カリスマと名高い根津達彦のファイトをこの目で拝んでおきたくてな。五十の手習い、何歳になっても勉強だよ」

殊勝な科白で来訪の理由をはぐらかす。

さすがに「お前の団体に無法者が居ないかをチェックしにきた」とは言えなかった。

たしかに根津は優秀な選手だが、トップが優れているから所属選手まで一流とは限らない。あの忌まわしい覆面男がひそんでいる可能性も、じゅうぶんに考えられる。

試合では断定できずとも、バックヤードで間近に確認すれば〈破壊屋〉が見つかるのではないか——そんな淡い期待を抱き、俺はいま、控え室を訪ねているというわけだ。

「そういや、お抱えレスラーもずいぶん増えたらしいな。どいつが注目株だい」

それとなく所属選手について探りを入れた矢先、控え室のドアがノックされた。

「失礼します。荷物、預かりに来ました」

顔を見せたのは、先ほどリングで蹂躙(じゅうりん)されていた赤スパッツの青年だった。根津の付き人らしく、黙々とロッカーの荷物をボストンバッグに詰めはじめた。惜敗の名残りとおぼしき痛々しい擦り傷が、顔のあちこちに刻まれている。

「さっきの試合、惜しかったな」

思わず声をかけると、青年は一瞬だけ驚いた表情をしてから、ぎこちなく会釈した。すかさず根津が「こいつは宇和島俊(うわじましゅん)ってんだ」と付き人を紹介する。

「デビューして二年半になるんだが、胃腸が弱くて身体に肉がつかない体質でよ。おかげで白星に恵まれず、本人も苦労してんだ。応援してやってくれ」

根津が宇和島の背中を叩く。とたんに青年の表情が険しくなった。

「根津さん……自分、今日はたまたま負けただけなんで。次は勝ちますんで」

無愛想に言いはなち、宇和島が足早に控え室を出ていく。乱暴に閉まったドアを見つめながら、俺は「良い選手じゃねえか」と漏らしていた。

「おとなしそうに見えて血の気が多いな。ギラついた顔をしてやがる」

根津が「さすがオッサン、見る目があるな」と嬉しそうに同意した。

「宇和島はパワーやテクニックこそねえが、負けん気じゃウチでもトップクラスでよ。数年後にはトップ戦線に躍りでてほしいと、俺様はひそかに期待してんだ」

目を細めていた〈針鼠〉が、「あッ」と表情を変える。

「おいオッサン、まさか宇和島を選ぶつもりじゃねえよな」

「そら……どういう意味だい」

「どういう意味って、引退試合の相手に決まってんだろうが」

「なんだと」

「あのピューマ藤戸が〈最後の好敵手〉を探してるって、いまや業界中の評判だぜ。キャリアも実績も関係なし、お眼鏡にかなった選手は即採用って噂でな。おかげでウチも若造からベテランまで〝自分が指名されるんじゃねえか〟とソワソワしてやがる」

そんな話になっていたとは。目眩をおぼえ、天を仰ぐ。

二年前の入院時、取材のしつこさに辟易して「もうひとり殴り飛ばすくらいの元気はあるんだぜ」と脅すつもりで吐き捨てた。ところが記者はコメントを曲解したらしく

「藤戸、残り一試合で引退」と大きく一面で書きたてたのである。あえて否定するのも億劫で無視を決めこむうち、いまでは「ラストワンマッチ」が既成事実になっている。

おまけに先日、ちょっとした揉め事を解決するために《大和プロレス》を訪ねた際、俺は「引退試合の相手を探している」と嘯いてしまった。選手らを刺激するための放言だったが、まさか尾鰭がついて根津のところまで知れわたっているとは計算外だった。

まったく、自業自得とはいえ面倒な事態になったもんだ。

ひそかに頭を抱える俺を不思議そうに眺めながら、〈デスマッチ王〉が「でも、俺は納得できねえんだよな」と唇を尖らせた。

「あのピューマ藤戸の有終の美が〈美しい師弟物語〉なんて、つまんねえじゃねえか。どうだ、ここはひとつ人生最初で最後のデスマッチで引退しなよ。どうせなら、俺様と〈蛍光灯&電流ロープ&チェーンソーデスマッチ〉と洒落こもうじゃねえか。ありったけの愛をこめて、血まみれにしてやるぜ」

「勘弁してくれ、引退試合がそのまま葬式になっちまうじゃねェか」

「だったらよ、バトルロイヤルに参加するってのはどうだい。ちょうど来月、所属選手二十人が全員参加するバトルロイヤルを開催するんだよ。烏合の衆にまぎれてこっそり参戦、ひっそり引退ってのもなかなか面白いじゃねえか」

「馬鹿野郎、そんな真似をしたが最後、他団体の連中から袋叩きにされちまう。これでも色々と気を遣う立場でな、面白いだけじゃ動けねェんだよ」

すげなく断るなり、根津が「面白いだけで動けばいいじゃねえか」と舌打ちをする。

「オッさん、いちいち理屈っぽいんだよ。闘いに理由なんていらねえだろ」

どきりとする。

いかにも根津らしい子供じみた、けれども全き正論だ。

ろくな返事もできず、虚空を見つめたまま困惑する。と、おもむろに宇和島がドアを開け「撤収、完了しました」と、ぶっきらぼうに告げた。

いつのまにか〈正装〉の革ジャンを羽織った根津が、椅子から立ちあがる。

「ま、引退試合については改めて話そうぜ。今度は横浜の道場まで遊びに来てくれや。ウチの名物〈ブラッディ・キムチの激辛ちゃんこ〉で歓迎するぜ」

「甘口を用意しといてくれ。引退前に激辛キムチでショック死するのは御免だからよ」

かろうじて皮肉を口にする。笑顔まで浮かべる余裕はなかった。

3

すっかり暗くなった空の下、駅へ向かう雑踏を避けて裏道を進む。

闇を裂いて歩きながら、俺はぽつりと根津の科白を反芻していた。

闘う理由、闘う理由。

あいつが言うとおり、昔は闘うのに理由など考えもしなかった。相手がいる。試合がある。それがすべての答えだった。だが――いまの俺はどうだ。

たった一試合さえ、理屈をこねては躊躇している。全盛期のようなファイトができない可能性を恐れ、過去の栄光にすがっている。

闘おうとすらしない人間が、リングにあがる権利などあるのだろうか。

自分の勝利を信じられないなら、いますぐ引退を表明すべきではないのか。

答えろよ、ピューマ。教えろよ、藤戸。

「……おや」

逡巡は、人影が目の前にあらわれたおかげで中断されてしまった。

胸の前でリュックサックを抱えた男が、道の中央に立ち尽くしている。リュック男はこちらをじっと見つめ「あの……あの」と、もごもご呟いていた。

まさか〈破壊屋〉か。とっさに身構えてから気づく。

「お前ェさん……たしか、さっきの会場に」

数時間前、海江田と話している俺を遠巻きに見ていた男だ。

戸惑うこちらに向かって、男が怯えたような顔でじりじりと迫ってくる。

「あの……ピューマ藤戸氏ですよね。僕、茂森サトルです。二十二歳です。独身です。

横浜に住んでます。それで、ええと、実は、その、お願いが」

歯切れの悪さに苛立ち、思わず「サインかい」と訊ねる。

態度こそ不審者だが、わざわざ俺を待っていたという人間を邪険にあつかうわけにもいかない。ここはひとつ、慣れないファンサービスに勤しむしかないと覚悟を決める。

「あいにくペンの類は持ちあわせてねェんだが、大丈夫かい」

「いや、あの、サインじゃなくて……これを」

そう言うと、茂森サトルは一輪の花をつまんで差しだした。

「……マジかよ」

遠目にもプラスチック製だと分かる、造花。

イミテーション・フラワー。鮮やかな偽物。華やかな嘘。

つまり——プロレスラー。

これは〈掃除屋〉への依頼状だ。

「藤戸氏、僕を殺してください。あなたには僕を殺す義務があります」

「正直、聞きたくもねぇが……お前ェさんを殺す義務ってのを教えちゃくんねェか」

路上で対峙したまま問いかける。サトルが胸のリュックを強く握った。

「僕、流星ミコトちゃんのファンで、彼女の出演する番組はチェックしてるんですよ。

そしたらこの前、藤戸さんがおなじ番組に出てたのを見て」

「ああ……あの番組か」

確かにひと月ほど前、俺はバラエティ番組に出演している。そのとき、ゲストで同席したのが〈不人気アイドル〉を自称する流星ミコトだった。彼女に自分のグループを〈破壊〉するよう依頼され、説得のためにさんざん骨を折ったのを思いだす。

回想しながら息を漏らす俺をよそに、サトルはなおも喋り続けた。

「あ、お言葉ですけど藤戸氏、最近《Ｃ－ｒｕｓｈ》にハマったようなニワカと一緒にしないでください。僕は彼女たちがメジャーデビューする何年も前、ライブハウスでの下積み時代から注目してたんです。当時のチェキはいまやプレミアなんですよ」

「お、おう。そうかい」

「しかも、ほかのファンがランキング上位の子を推すなかでも、僕は最初からミコっち一本だったんです。グッズもコンプリートしてるし、投げ銭だって……」

「ちょ、ちょっと待て。ストップ、ストップだ」

早口でまくしたてるサトルを、俺は慌てて制した。意味不明の単語が多すぎて理解が追いつかない。

「要するに、お前ェさんはあの嬢ちゃんのファンなんだな。そこまでは分かったがよ、どうしてそれが俺と関係あるんだ。こっちは一度共演したきりの人間だぜ」

それまで興奮に鼻を膨らませていたサトルが、しぼんだ風船よろしく縮こまる。

「……ミコっち、このあいだのワンマンライブで脱退を宣言したんです。〝新しい夢が見つかった。女子プロレスラーに転向する〟って。〝プロレスの素晴らしさに目覚めてしまったんだ〟って……そりゃあ表向きは〝おめでとう、頑張ってね〟とメッセージを送りましたけど……内心ではショックでしたよ」

サトルの言葉に息を呑む。たしかに「プロレスラーになるつもりだ」と宣っていたが、まさかあの娘が本気だったとは。

呆れかえるこちらをよそに、サトルはますます早口で自分語りを続けた。

「僕にとってミコっちは希望の光だったんです。そりゃ歌もダンスも他のメンバーより上手じゃないけど、僕くらいのファン歴になれば彼女なりに努力してるのは、ちゃんと分かってましたから。批判の多い毒舌だって〝なんとか注目されなくちゃ〟と頑張って演じていることを理解してました。そんなミコっちのいじらしさに、僕はいつも励まされていたんです。勉強もスポーツも人並み以下、人づきあいだってまともにできない、人生でなにひとつ成し遂げられない僕だけど、ミコっちの応援なら誰にも負けない。そう思っていたのに……引退だなんて……」

そこでようやく息を継ぎ、サトルが鼻をすすった。

「でも、ミコっちが〝ハマった〟って言うんだから、なにかしら魅力はあるんだろうと思って……だから今日、たまたまウチの近所で開催された大会を観にきたんです」

「なるほど。それで、人生初のプロレスはどうだったね」

「最低でした」

俯き加減の顔をあげ、サトルが即答する。

「見るからに強そうな選手が勝って、弱っちい選手があんのじょう負けて。ミコっちは〝夢を見せてくれるのがプロレスだ〟と嬉しそうに言ってたけど、リングにあったのは残酷な現実で……あんなの最低ですよ。最悪ですよ」

「仕方ねえだろ。プロレスってなぁ勝ち負けがあるんだ。今日負けても、諦めなければいつの日か勝つことだって」

「そんなの詭弁でしょ！」

悲痛な声で青年が叫んだ。

「弱い人間がどれだけ努力したって才能のある連中には敵わないんだ。どんな世界でも要領のいいやつが成功して、僕みたいな落ちこぼれは負け犬のまま一生を終えるんだ。プロレスにも世界にも絶望してたら、偶然あなたを会場で見かけて……〝これは絶対に運命だ〟と思ったんです。だからお願いです。僕を殺してください。自分で死ぬ勇気はないけど、僕はもうギブアップしたいんです。今日観た試合でも、勝てないと分かった選手はギブアップしてたじゃないですか」

「いや、そいつはまた別の話でよ……」

妙な気迫に圧(お)されて後退する。逃げるとでも思ったのか、サトルが粘っこい目で俺を睨めまわし「分かりましたよ」と低く吠(ほ)えた。

「殺してくれないなら……自分で命を絶つ瞬間をインターネットでライブ配信します。〝ピューマ藤戸のせいで僕は死にます〟と宣言しますからね」

「なんだと……」

あまりの短絡さに呆れかえってしまう。どうして、どいつもこいつも自分の願いが聞き届けられないと分かるや、脅迫めいた真似をするのか。

勝手にしろ——喉元まで出かかった言葉を、なんとか呑みこむ。

形ばかりの説得をすることは容易(たやす)い。あるいは張り手でも食らわせて、絞め技で失神させてやれば、震えあがって命乞いするかもしれない。

けれども、それで良いのか。

この我儘(わがまま)小僧がプロレスに絶望したままで良いのか。

「……分かった。お前ェさんを始末してやるよ」

俺の言葉に、サトルの表情が明るくなる。

「本当ですか、本当に殺してくれるんですか」

「ただ、こっちにも色々と準備がある。連絡するから待ってな」

「本当に本当ですよね、嘘じゃありませんよね、ね」

呆れるほど何度も念を押してから、サトルはようやく夜道の奥へ走り去っていった。

ぐったりと疲れはて、俺はその場にしゃがみこんだ。冷静さを取り戻すにしたがい、後悔の念が押し寄せる。そんな姿を見て、もうひとりの自分が笑っていた。

また面倒に首を突っこむ気か、藤戸。あんな甘ったれのガキを救ってどうする。さっき悟ったばかりじゃないか。勝てない老いぼれが無茶な勝負なんてするなよ。いいから逃げろ、逃げちまえ。そうすれば、勝ちも負けもない世界で生きられるぞ。

「うるせェな」

闇のなかで嘲笑っている自分に牙を剝く。唸りをあげて、黒い邪念を吹き飛ばす。

「前にも言っただろ……勝とうが負けようが闘うのが、俺の信条なんだよ」

とはいえ——名案などそう簡単に思いつくはずもない。

「仕方ねえ。こんなときは、ひとまずあいつのツラでも拝むか」

気づけば、俺の足は自然と病院の方角へ向かっていた。

4

「……それで、また俺のところへ来たというわけか」

病室のベッドに横たわって天井を見つめたまま、鷹沢雪夫が苦笑した。

「この前はアイドルのお姉ちゃんで、今回はアイドルオタクの兄ちゃんの人生相談とはな。まるで慈悲深い坊さんだ。いっそのこと仏門に入っちまえよ」

「揶揄うなよ。仕方ねェだろ、〝プロレスは最低だ〟なんて挑発されたら、ギャフンと言わせたくもなっちまうじゃねぇか」

憤慨する俺を、鷹沢は黙って優しく見つめていた。

そのまなざしに胸を衝かれる。プロレス団体《ネオ・ジパング》で切磋琢磨していた若手時代から、まるで変わらない瞳。なぜそれほど慈愛に満ちた目ができるのか。

俺の未熟な技で昏睡状態におちいり、奇跡的に意識こそ取り戻したものの、いまだに腰から下は自由にならない。おかげでこの親友はベッド上から動けぬ日々を過ごしている。運命を呪ってもおかしくない境遇だというのに、それでも友はあのころとおなじく前を見つめ続けている。だからこそ俺は鷹沢を慕い、信じ、尊敬していた。

「ま、さすがのお前ェさんでも、こんなフザけた依頼を解決できるたァ思ってねえさ。今日は愚痴を吐きたくて顔を見せただけだよ」

自嘲する俺を眺めながら、鷹沢が柔和な表情のまま「本当か」と訊ねた。

「ほかにも話したいことがある……そんな顔に見えるけどな」

勘の鋭さに驚き、思わず声を漏らしそうになる。その人並みはずれた勘を頼って足を運んでいるとはいえ、まさかそこまで見抜くとは。

だからといって、馬鹿正直に告白するわけにはいかなかった。〈破壊屋〉の一件、ましてや覆面男が使っている技のことを鷹沢に知らせるわけにはいかない。辛い記憶を呼び覚ましてまで、力を貸してもらおうとは思っていない。

「考えすぎだよ。今夜は本当に〝近頃のガキはくたびれる〟って話をしにきただけさ」

「そうか……」

鷹沢はなにごとかしばらく考えていたが、ふいに「詳しく聞かせてくれ」と呟いた。

「今夜、お前が見てきたという団体のことが知りたい。たしか《BBB》と言ったよな」

「おお、そういやお前ェさんは根津のバカと面識がねェんだっけ」

「ああ、残念ながら《BBB》が台頭してきたのは、俺がこうなったあとだからな」

話題が触れたくなかった方向へ流れ、ひそかにおのれの迂闊さを悔やむ。

あれほど注意深く避けていたのに、残酷な現実を本人の口から言わせてしまうとは。

気まずさを打ち消すように、俺は語った。今日観た試合の感想や根津の不遜な態度、控え室で目撃した宇和島の負けん気、そして次戦はバトルロイヤル形式であることなど愚にもつかない話をノンストップで喋りたおした。

「ま、正直に言うなら、真っ向勝負が信条のお前ェさんにはお勧めできねえ団体だよ。今日はまともな試合ばかりだったが、いつもはデスマッチだの金網マッチだのと邪道の極みみてェな興行ばかり打ってやがる。お前ェさんが観戦した日にゃ、怒りにまかせて立ちあがっちまうかもしれねえぜ」

「そいつはリハビリにちょうど良い。ぜひとも観なくちゃいけないな」

冗談に笑っていた朋友が、ふと——真顔になる。

「でもな藤戸、お前は誤解してる。俺はデスマッチもラフファイトも嫌いじゃないぞ」

「へえ、そいつァ初耳だぜ。実力で勝利をもぎとる正統派のシングルマッチが好みだとばかり思っていたよ」

首を横に振って、鷹沢が微笑む。

「一対一の真っ向勝負がしたければ、最初からアマレスやボクサーをめざしていたよ。俺は、プロレスの出鱈目な奥深さに惹かれてこの世界に飛びこんだのさ」

「出鱈目な……奥深さ」

「ああ、そうだ。五秒まで反則が許されるルールも、場外乱闘が許容される曖昧さも、ほかの競技では有り得ない。その荒唐無稽で自由奔放で、卑怯者にも老兵にも平等に勝機が与えられる闘いが俺は大好きなんだよ。願わくは、もっと滅茶苦茶な試合を体験してみたかったがね」

「なに弱気なこと言ってやがる。かならず、またリングで闘う日が来るさ」

いつものように励ましながらも、俺は首を捻っていた。

昔から、鷹沢は無駄な動作のない選手だった。一挙手一投足、すべてに攻守の意味を見出す男だった。そんな人間が、俺の困りごとを聞いておきながら、昔話めいた雑談に終始するはずなど考えにくい。つまり、この会話にも彼なりの意味があるはずだ。

「真意を読み解いてみろ」と、俺にシングルマッチを要求しているのだ。

いったいなにを閃いたんだ。どうすれば、この無茶な試合に勝てるというんだ。

と――懸命に頭をはたらかせる俺へ、鷹沢が朗らかに語りかけた。

「そういえば《ＢＢＢ》の次回大会は、どんな興行だったかな」

「え、ええと……」

唐突な問いに混乱する俺を、鷹沢が「おい、しっかりしろよ」と笑う。

「さっき、お前が教えてくれたじゃないか。それとも俺に気を遣ったお喋りの所為で、中身までは憶えていないか」

「いや、別に俺ァ気を遣ってなんざ……」

瞬間、胸のうちで絡まっていた糸がほどけた。

プロレスの出鱈目さ。奥深さ。ほかの競技では成立しない試合形式。

「……そういうことか。その手があったか」

無意識のうちに椅子から立ちあがる。

「お前ェさんの言うとおりだ。これなら、あの兄ちゃんに勝てるかもしれねェ」

俺が得心したのを察し、鷹沢が嬉しそうに頷く。

「藤戸……そのお兄ちゃんに教えてやってくれ。プロレスの力を。生きる力を」

「……勿論だ。まかせときな」

礼を述べて廊下に出ると、さっそく俺はポケットから携帯電話を取りだした。

「……もしもし、根津かい。悪ィんだがよ、チケットを二枚用意しちゃくんねぇか」

語りかけながら、廊下に面した窓の向こうへ視線を送る。

深い深い闇夜のかなたに、希望を思わせる街の灯がちいさく見えた。

5

夕暮れがせまるライブハウス前の道路には、すでに人だかりができていた。

普段はバンドを楽しみに来た連中でひしめく通りも、今日はプロレスTシャツを着た《BBB》のファンで埋め尽くされている。

その輪からすこし離れた電柱の陰で、サトルがリュックを胸の前で抱きしめ、俯いていた。

「あ……どうも」

俺を見つけるなり安堵の表情を見せ、こちらへ小走りで駆けよってくる。

「待たせたな。さ、とっとと入ろうじゃねェか」

なにか言いたげな素振りに気づかぬふりをして歩きだす。サトルが慌ててリュックを抱えなおし、俺の背中を追った。

受付でチケットを渡し、スモークがうっすら焚かれたホール内へと進む。ヘヴィーメタルが流れるなか、チケット番号が貼られているパイプ椅子を見つけて腰をおろした。

おずおずと隣の席に腰かける〈殺されたがり〉に「今日は、ちょっとばかり変わった大会でな。ワンマッチだけの興行なんだ」と教える。

「一試合ってことですか。だったら、よっぽどクオリティの高い試合じゃないと僕は納得しませんよ。《C－rush》のライブも、ワンマンのときは演出に工夫を……」

「まあそう焦んな、百聞は一見にしかずだ」

なだめる俺に顔を近づけ、サトルが「念のため確認しますけど」と凄んだ。

「電話で言っていた約束、本当なんですよね。もし今日の試合を観戦してもプロレスに希望を見出せなかったら……」

上目遣いで睨む青年を正面から見据え、「ああ、本当だよ」と答える。

「お望みどおり、ひとおもいに始末してやる。スリーパーホールドで窒息するか、それともパイルドライバーで脳天を叩き割られるか。好きな技をリクエストしてくれ」

「いちばん苦しくないヤツでお願いします」

サトルが皮肉めいた笑いを浮かべる。

なにもかも諦めたように乾いた笑顔。それを目にした瞬間、思わず「覚悟しとけ」と言葉が漏れる。

かならず、その笑みを塗り変えてやる——俺は強く拳を握りしめた。


総勢二十名のレスラーで、リング上は満員電車よろしくひしめきあっていた。

鼻息を荒くする中堅選手の横で、筋肉が自慢とおぼしきベテラン選手がマッスルポーズを決め、それに張りあうように青い吊りタイツの外国人が力こぶを誇示している。

根津だけは選手の輪から離れ、ロープに身体を預けていた。ところどころに血痕の残るミリタリーパンツが「これまでの死闘に比べれば余裕だよ」と暗に告げている。

満員の観客が落ちつくのを見届け、リングアナがマイクを握った。

「お待たせいたしました。年に一度のお楽しみ、ブラッディ・バトル・ビースト・バトルロイヤル……略して《B4》を開催いたします！」

サトルが「へえ」と素直に感心する。

「バトルロイヤルって、ドラマや漫画によくあるサバイバルゲームですよね。プロレス発祥の言葉なんですか」

「ああ、ロサンゼルスのプロレス団体が半世紀以上も前に始めたらしい。今日みたいに全選手が登場する形式と、ひとりずつ時間差で入場する形式がある。前者は混沌とした攻防を楽しみ、後者はサプライズ選手の登場で盛りあがるのが定番だ」

　こちらの説明に耳を傾けていたサトルが「でも……」と表情を固くさせる。

「結局のところ、どんな形式でも強い選手が勝つのは変わらないんでしょ」

　物憂げな横顔を眺め、俺はにやりと笑った。

「そうとも限らねぇのが、こいつの面白ぇところさ」

　下馬評によれば、優勝候補は団体の顔である根津達彦と花形選手のフラッシュ富倉、そして姑息なファイトが十八番の悪役レスラー・山田獄道に、青い吊りタイツの外国人ジョージ・マッスルの四人のいずれかと目されているらしい。

　けれども、ことがそれほどうまく運ぶとは限らない。本命がいるからには、大穴とて有り得るということだ。

「さて……兄ちゃんは誰が勝つと思うね」

　俺の問いに、サトルが頬を膨らませた。

「そんなの分かるわけがないでしょ、プロレスを観るのは今日が二度めなんですから。けれど……誰が負けるかは予想できますよ。ほら、あの人」

　そう言って、マットの片隅で所在なさげに立つ赤スパッツ——宇和島俊を指す。

「彼の優勝だけは有り得ませんよ。前回、藤戸さんと会った大会でもボコボコにされたあげく半泣きでギブアップしてましたから。あの選手を見て僕は〝生きていても仕方がない〟と思ったんです」

「……なるほどな」

読みどおりだ——と笑いたくなるのを、すんでのところで堪える。

驚くなよサトル、今日は神風が吹くかもしれないぜ。

否、吹いてもらわなくては困る。俺のためにも、プロレスのためにも。

6

ゴングが鳴る。

同時に中堅選手ふたりが動いた。すばやくアイコンタクトを交わして青タイツの外国人選手へ飛びかかり、丸太のような巨軀を一気に担ぎあげる。

「ノー！　ウェイト、ウェイト！」

絶叫など意に介さず、ふたりは〈巨木〉を場外めがけて放り投げた。会場に重低音が轟くなか、リングアナが独特な抑揚で「ゼロ分二十秒、オーバー・ザ・トップロープによりジョージ・マッスル選手、失格です！」と告げる。

場外でスラングをまくしたてるマッスルに怯えながら、サトルが「え、失格って、どういうことですか」と首を傾げた。

「オーバー・ザ・トップロープ。バトルロイヤルの独自ルールだよ。三本あるロープの最上部から場外に落とされると失格になっちまうのさ」

「でも……みんな敵同士ですよね。どうして協力なんか」

「一対一では倒せなくても手を組めば勝てるからな。駆け引きと裏切り、策略と執念がバトルロイヤルの醍醐味なのさ」

「勝ち方にもいろいろあるというわけか……なるほどです」

　俺の解説にサトルが納得するなか、リングでは次の謀略が動きはじめていた。

　優勝候補のフラッシュ富倉が、ドロップキックをヘビー級選手の顔面に炸裂させた。落下と同時にフォールの体勢を取る。必殺技でライバルを瞬殺するつもりなのだろう。

　次の瞬間、あちこちで組みあっていた選手がいっせいにリング中央へ群がった。驚く富倉めがけ次々とストンピングを食らわせ、グロッキーになったところへ全員が覆い被さる。さしもの本命もレスラー数人の体重をまともに受けては抵抗できるはずがない。たちまちレフェリーがマットを叩き、花形はあえなく脱落の憂き目となった。

「……なんだか、思っていた試合と違いますね」

　サトルが椅子から尻を浮かせ、前のめりでリングを凝視している。

「一見ふざけた雰囲気なのに、みんな勝つことに執着してるんですね。みんな、真剣に遊んでるっていうか、楽しみながら闘っているっていうか」

「……ほう」

お世辞ぬきで感嘆する。さすがは聡明なミコトのファンだ。バトルロイヤルの奥深さ、プロレスの無節操さを瞬時に理解している。

「驚くのはまだ早いぜ。バトルロイヤルはここからが本番だ」

俺の言葉どおり、本命ふたりが退場後のリングは、さらに混迷をきわめていった。

軽量級の選手を場外へ落とそうとする怪力のベテラン。観客にアピールしている隙をつかれ、スリーカウントを奪われるイケメン選手。凶器攻撃を敢行したものの、仲間に誤爆させて内輪揉めに発展しているヒール軍団。いつもの実力が意味をなさない混沌とした展開が、めまぐるしく進行している。

〈優勝候補の筆頭〉と謳われた根津は、即席のタッグチームに合体技を食らい、コーナー付近で昏倒していた。〈失格の本命〉である宇和島にいたっては、試合開始早々にヒールレスラーの山田獄道が持ちこんだ椅子で頭を殴られ、誰にも注目されぬまま場外で失神している。どこまでもスポットライトに縁のない運命のようだ。

サトルを横目でちらりと見る。その顔から、試合前の憂鬱さはすでに消えている。

よし――このままいけば、奇跡が起きるかもしれない。

頼んだぞ、プロレス。無意識のうちに両手を組み、リングに祈る。

二十分が過ぎるころには、リング上の選手は五人にまで整理されていた。

運良く攻撃を逃がれた新人ふたりと、筋肉自慢で知られるベテラン。西洋の貴族を彷彿とさせるコスチュームの長髪選手に、未だ起きあがれず昏倒したままの根津。

あらかたの役者が揃い、決戦の瞬間が近づいていた。

「よっしゃあ！　お前ら、そろそろ覚悟しやがれ！」

ベテランの筋肉男が咆哮するや、両腕をぴんと真横に伸ばして走りだす。

ダブルラリアットの剛腕で新人ふたりをいっぺんに叩きのめすと、そのままフォールして葬り去る。その様子を見守っていた貴族チックな選手が、ゆっくりと前に進んだ。

「コング、さっさと決めちまえ！」

「プリンス様、負けないで！」

双方のファンが叫ぶなか、筋肉ゴリラとプリンスが向かいあった。両者とも、すでにスタミナをだいぶ消費している。次に大技を受けたほうが敗北を喫するはずだ。

コングと呼ばれた選手がエルボーを放ち、プリンスが張り手で応酬する。一打ごとに観客が手拍子を鳴らし、贔屓選手の背中を押す。

数発目の肘打ちで、ぐらりと王子がよろめいた。

すかさず筋肉レスラーが相手のタイツを摑むと逆さまに持ちあげ、そのままコーナーポストへ駆けあがって勢いよく後方に倒れこんだ。

雪崩式ブレーン・バスター。マットが軋むほどの衝撃で、会場の空気が震える。ダメージで動けぬ王子にすかさず大猿がのしかかり「カウント!」とレフェリーに告げた。

「ワンッ、ツーッ!」

スリーカウントが決まる。コングがひざまずいたまま、両手を高々とあげた。

次の瞬間、倒れていた根津がすばやく起きあがると、風のようにコングへ駆けよってみぞおちに蹴りを見舞った。

苦悶する筋肉男を見下ろしながら〈針鼠〉が自身のこめかみを指で小突く。

「油断したな。オレ様はフォールも取られてねえし、ギブアップもしてねえぜ。リングで大の字になっていただけだ!」

「さすがは大将、最高ッス!」

「雑草魂、見せてもらいやした!」

応援団が喝采を贈るなか、俺は根津のしたたかさに舌を巻いていた。

対戦相手を罵倒しつつ、観客に状況を説明するとは。なるほど、彼がカリスマと謳われてきた理由に納得する。あの男は対戦相手のみならず、デスマッチに対する偏見や業界の反発、そして観客とも闘い、しっかりと勝ち続けているのだ。

怪力のベテランはスタミナが切れたらしく、反撃もままならずに肩で息をしている。

体力を温存していたぶん、根津のほうが有利なのはあきらかだった。

根津が駄目押しとばかりに顔面を蹴りつけてから、コングの頭を股に挟みこんだ。

次の展開を見越した観客が、悲鳴をあげる。声の方角へ不敵に微笑んでから〈流血のカリスマ〉が吠えた。

「おぼえとけ！　プロレスってのはな、どんな手を使っても、最後までリングに立っていたヤツの勝ちなんだよ！」

言いおわるなり相手の腰へ手をまわすと、根津は回転しながらコングの脳天をマットに突き刺した。ここ一番で見せる必殺技〈ハリネズミドライバー〉だ。

もはや相手に跳ねかえす力は残っていない。仰向けに伸びたコングの胸に根津が片足を乗せ、レフェリーがカウントを取った。

「ワン、ツー……スリィィ！」

「よッしゃあ！」

根津が勝利の雄叫びをあげる——次の瞬間、場外から赤い影が滑りこんできた。

場内がざわめく。サトルが、椅子を跳ね飛ばさんばかりの勢いで立ちあがって叫ぶ。

「宇和島さんだ！　あの人、トップロープから落ちてない！」

予想だにしなかった展開、根津の反応がわずかに遅れる。

その隙を見逃がさず、宇和島は鬼のような形相で根津の頭を左脇に抱えこみ、右手で根津の足を押さえると、そのままマットに転がった。

「スモール・パッケージ・ホールドかッ！」

思わず俺も声をあげた。

新人でも使用が容易な、スタンダードきわまる丸めこみ技。とはいえ首と足を完璧にホールドすれば、どれほどのベテランでも逃がれられないフィニッシュホールド。平凡にして最強、地味ながらも必殺。これほど宇和島向きの技もない。

この瞬間を、あの男はひたすら、ひたすら待っていたのだ。

〈針鼠〉の両肩がマットに押しつけられ、レフェリーがカウントを数える。足をばたつかせて抵抗する根津を、宇和島が眉間に青筋を立てて全力で押さえこむ。

「……スリィィィイ！」

レフェリーの絶叫が終わらぬうち、客席が割れんばかりの歓声に包まれた。

根津はしばらくレフェリーに食ってかかっていたが、裁定が覆らないと悟るや、むっつりとした表情で宇和島の手を挙げ、勝者の胸許(むなもと)にマイクを押しつけた。

歓声が落ちついても、スピーカーからは宇和島の荒い呼吸だけがしばらく聞こえていた。疲労困憊(ひろうこんぱい)でなかなか第一声が出てこないのだろう。

「……格好良かったぞ！　最高だったぞ！」

裏がえった声に驚き、隣を見る。

サトルが、声のかぎりに叫んでいた。

「……ありがとうございます」

宇和島がこちらへ一礼するなり、会場から拍手が響く。

「見なおしたぞ、これからも頑張れよ！」

「ヒョロ助、やればできるじゃねえか！」

賞賛のなか、宇和島が肩で息をしながら再び口を開く。

「自分は……パワーもないし、打撃も半人前だし……顔も格好良くないです」

「そんなことねえぞ！」と野次が飛び、宇和島が軽く頭を下げた。

「けれど……そんな最弱のレスラーでも、諦めなければ勝てるんです……根津さん」

コーナーで不貞腐れている根津に向かって、〈最弱レスラー〉が深々と一礼する。

「さっき〝最後までリングに立っていたやつが勝ちなんだ〟って言いましたよね。自分、その言葉が好きです。そんな無茶苦茶な理屈が通用するプロレスが好きです。殴り飛ばされて大の字になっても、関節技で小便漏らしそうになっても、いつか絶対に勝機が訪れる。だから……」

俺はプロレスが好きです。

力強い言葉を受けて、拍手はずいぶんと長いあいだ鳴り止まなかった。

7

ライブハウスを出て、夜の帷がおりた駅前通りをサトルとならんで歩く。

五分ほど足を進めたあたりで、俺は隣の〈殺されたがり〉に声をかけた。

「どうだ兄ちゃん、まだ気持ちは変わらねェかい。プロレスに絶望してるかい」

あえて意地悪な質問をぶつける。一拍置いて、サトルがこちらに振りむいた。

その瞳が潤んでいる。よほど興奮しているのか、胸の前で抱いたリュックが圧されて歪にゆがんでいた。

「ちょっと藤戸氏、馬鹿なこと言わないでくださいよ。あの試合を観て希望を抱かない人間なんて、いるわけがないでしょ。それにしても宇和島選手は最高でしたね。いや、改めてミコっちがプロレスにハマる理由が分かりましたね。やっぱりあの娘は見る目があるなあ。頭がいいんだなあ。彼女のファンで僕は幸せですよ」

あいかわらずのマシンガントークだが、試合前に聞かされたような呪詛の類ではない。

「まあ、死ぬ気が失せたならなによりだ……だったらよ」

そこで言葉を止めると、俺は正面から〈オタク青年〉を見据え、一歩近づく。

「プロレスに入門しようと頑張ったのも無駄じゃねェってこった」

とたん、サトルの表情から笑みが消えた。

「……どうして、それを」

「お前ェさん、俺とはじめて会ったときに自己紹介してくれただろ。二十二歳、独身、横浜の出身ってよ」

「は、はい」

さらに歩み寄る。サトルが身を守るようにリュックを強く抱きしめた。

「そしてお前ェさん、〝ミコっちが転向しようとしているプロレスが、どんなものかを観ようと近所の大会へ足を向けた〟とも言ってたよな。自分の科白、憶えてるかい」

「言ってたと……思います」

「あの体育館はお前ェさん家から電車で一時間以上、どう考えても近所じゃねえ。家の近くにあるプロレス関係の施設といえば《BBB》の横浜道場だ。つまり」

入門しようとして不合格になったんだな。

「……そうです」

すっかり観念したのか、サトルがこくりと頷いた。

「彼女がアイドル引退を表明したとき、僕は〝自分もプロレスラーになればミコっちに近づけるかも〟と思ったんです。だから《BBB》の道場を訪ねて〝自分もレスラーにしてほしい〟って頼みました。そしたら、さっそく入門試験をやることになって……」

「結果、ボロ雑巾みてェにしごき倒されたわけだな」

唇を固く結び、サトルが弱々しく頷いた。

「腕立ては三回、腹筋は五回。スクワットはようやく十回できたんだったかな。それで監督を務めた選手に〝なにもできねえじゃねえか〟と吐き捨てられて……泣きながら、道場をあとにして……」

「ま、仕方がねえよ。基礎体力もねえ人間をデビューさせるわけにはいかねえからな。厳しい言葉で失格を告げねえと、余計な夢を見させちまう」

「わかってます。でも、悔しくて……」とサトルが上唇を噛みしめる。

「最初はネットに悪口でも書きこんでやろうと思ったんですけど〝どうせなら、会場で死んでやったほうが困るだろう〟と考えなおして……それであの日、あの会場に」

「そこで偶然俺を見つけて〝いっそ利用してやれ〟と思ったわけか」

「はじめは、ミコっちと共演していた藤戸氏に遭遇して驚いただけなんです。そのときちょうど、宇和島選手が成すすべもなくギブアップする様子を見て……すっかり悲しくなって……それでようやく気づいたんです。僕が腹を立てていたのはプロレスに対してなんかじゃない。なにもできない自分に憤っていたんだと……」

すべてを吐露し、青年が肩を落とす。抱えていたリュックがどさりと地面に落ちた。項垂（うなだ）れている姿を見つめながら、俺は静かに語りかける。

「なあ、サトル」

はじめて名前を呼ばれ、サトルが背筋を伸ばした。

「レスラーがギブアップするのは〝今日負けて、明日勝つため〟なんだ。負けて、また負けて、ひたすら負けて……それでも諦めなかった人間だけが勝てるんだよ。試合に、自分に勝利できるんだよ。負けることはゴールじゃねェ、次の勝利へのスタートだ」

しばしの沈黙。やがてサトルがリュックを拾いあげ、顔をあげた。

瞳に先ほどまでの歓喜の色はない。代わりに、静かな炎が燃えている。

宇和島のまなざしにどこか似た、闘志の炎だった。

「藤戸氏……僕、これからも負けます。勝つために負けます。プロレスラーになるのは無理でも、人生のリングにはあがり続けます」

「……良い科白だがよ、ちいっとばかり格好よすぎやしねェか」

苦笑いしながら肩を叩く。と、サトルが「あ、そうだ」と鼻の穴を膨らませた。

「教えてください。藤戸氏のファンクラブって、どこに連絡すれば入会できますか」

「は」

「僕、今後はミコっちと藤戸氏のダブル推しで行こうと思うんです」

「そ、そいつはありがてえけどよ、たぶん俺のファンクラブは存在しねえと思うぜ」

「あ、じゃあ僕が結成しますんで。アクスタとか団扇(うちわ)とか、グッズも作るんで」

「グ、グッズ……か。売れねえと思うがな」

「でも、このご時世ファン向けの商品は必須ですから。許可、もらえますよね」

「……売り上げは折半だぞ」

「あ、無理ですね。七対三、七が僕で三が藤戸氏です。製造コストもありますんで」

「……この野郎、意外としたたかだな」

睨みつける俺に、サトルが得意げに微笑む。

「もちろんでしょ。勝つためには、したたかさが欠かせませんから」


深々と礼をして、サトルが改札のかなたに走り去っていく。

その背中が見えなくなった瞬間、一気に疲労が襲ってきた。

やれやれ。前回のミコトといい今回のサトルといい、これほど〈闘わずに闘う〉のが大変だとは思わなかった。宇和島が勝たなければどうなっていたことか、我ながら無謀な賭けをしたものだと、いまさらになって冷や汗が滲む。

だが、軋む身体と裏腹に心はやけに軽かった。夜の漆黒がやけに心地よく感じる。

なるほど、こういう勝利の味もあるとは。これも頭脳明晰な鷹沢のおかげだ。いっそ引退したら、鷹沢と探偵事務所でも開いてみようかと考える。

「あいつと、何十年ぶりにタッグを結成するのも悪くねェな」

呟いた直後、感慨を遮るようにズボンのポケットで携帯電話が激しく震えた。

慌てて取りだした携帯の画面には、海江田の名前が表示されている。胸騒ぎを感じつつ通話ボタンを押すなり、挨拶もそこそこにカイエナが吠えた。

「藤戸さん、不味いですよ」

「なんだよ、藪から棒に。〈破壊屋〉の正体が分かったのか」

「……ええ、手がかりは摑みました。でも、にわかには信じられない話です。まさか、そんな」

違和感をおぼえた。いつも舌鋒鋭いくせに、今日はずいぶん歯切れが悪い。

「どういうコッた。明瞭り言え」

「電話じゃ説明は無理です。じかに会って話しましょう」

「……分かったよ、これから向かう。どこに行けば……」

言い終わる前に、電話の向こうから「うわあッ」と絶叫が聞こえた。

「おい、海江田。どうしたッ」

返事がないまま、数秒が経ち——突然、砂袋が落下するような鈍い音が響いた。

いまのは、まさか。そんな、嘘だろ。

厭な汗が背中を伝う。じっと耳を凝らすなか、スマホを拾う音が聞こえた。

「……ピューマ藤戸か」

知らない男が電話口に出た。その背後で、海江田の呻き声が聞こえている。

なにが起きたのかを察する。襲われたのだ。電話の男に、あの技を食らったのだ。

「……何者だ、この野郎」

豹の唸りにも怯まず、男が「ご挨拶だな」と笑う。やはり聞きおぼえのない声だ。

「人を嗅ぎまわる行儀の悪い犬を、代わりに躾けてやったんだ。礼を言ってくれ」

「何者だと訊いてんだよ。てめぇ、プロレスラーか。どこの団体だ」

返事はない。焦れったさで携帯電話を握りつぶしそうになる。

「とっとと答えやがれ、この野郎。なにが目的だ」

「常識と良識の破壊。この世すべてのデストロイ……というのは建前でね」

最後のひとことだけ声が低くなった。口調に、あきらかな怒気がこもっている。

「伝説のレスラー、ピューマ藤戸が手に入れた、栄光、名声、地位……。〈掃除屋〉のすべてを壊す。それが〈破壊屋〉の仕事だ」

力強く告げて、電話は切れた。

呆然としながら空を見あげる。

あれほど優しく思えた夜の色が、いまはひどく冷ややかに感じられた。

第三話

不死者（アンデッド）

1

甲高い音が、規則的に響いている。

この音はなんだろう。何処(どこ)で鳴っているのだろう。

ぼんやり耳を傾けながら、記憶の糸を手繰って音の正体を探す。踏切の警報、秒針、メトロノーム。否、どれも違う。もっと緩やかな、やけに哀(かな)しみをたたえた音だ。

嗚呼(ああ)、分かった。

これはゴングだ。リングを去りゆく選手へ贈る、テンカウントの鐘の音だ。

待て、誰がリングを去ったというのか。

まさか――自分か。俺は引退したのか。知らぬまにラストマッチを終えたのか。

相手は誰だ。どんな技で攻めて、どんな技を受けたのか。勝ったのか、負けたのか。客は喜んだのか、愉(たの)しんだのか。最後に相応(ふさわ)しい試合だったのか。

誰か、教えてくれ。答えてくれ。このままだと納得も、後悔もできないではないか。

誰か、誰か――。

「藤戸……おい、藤戸」

声が聞こえた直後、膝に激痛が走り──俺は自分を取りもどした。

ぼやけていた視界が輪郭を取りもどし、像を結んでいく。

壁も天井も薄白い、無機質な部屋。カーテンの隙間から見える曇り空。

眼前に置かれているベッドには、男がひとり横たわっていた。身体から伸びた無数のケーブルは仰々しい機械に接続され、絶えまなく電子音を鳴らしている。

さっきの音はこれか。ゴングではなかったのか。

つまり──自分はまだ引退していないのか。

脱力した俺を一瞥し、機器の隣に座る白衣の女性──奈良宏美が溜め息を吐いた。

「さっきからなにブツブツ言ってんだよ。読経か、坊主にでも鞍替えしたのか。ここは葬儀場じゃなくて病院だぞ。どうせなら生きたまま墓の下に埋めてやろうか」

毒舌を浴びて、いましがた味わった痛みの正体を悟る。この女医はヒールの先で俺の膝を思いきり蹴りあげたのだ。廃業寸前だったプロレスラー、つまり俺を回復に導いたほどの名医だが、その腕を補って余りあるほど口が悪く、おまけに手が出るのも早い。彼女と会っておよそ二十年、毒舌と暴虐の勢いはいささかも衰える気配がない。よくもこれまで患者に訴えられなかったものだと妙な感心をしてしまう。

「勘弁してください。こちとら五十過ぎの老人ですよ、ローキックで足がもげちまう」

恍惚としていたおのれを誤魔化すように、わざとらしく膝をさすりながら弁解する。

もちろん、冷酷な奈良にこちらを労わる様子などは微塵もない。

「一丁前に文句ヌカしやがって。爺さんレスラーがメソメソしてるから特別サービスで喝を入れてやったんだろうが。安心しな、足がちぎれたときは適当に繋げてやるよ」

端整な顔立ちのおかげで、科白がまったく冗談に聞こえない。

五十も間近とは思えぬ美貌の持ち主だが、お世辞のつもりで容姿を褒めようものなら即座に第二撃をお見舞いされるのは自明だった。

「ま、お仲間がこのありさまじゃ、しょぼくれるのも理解できるけどね」

奈良がわずかに表情を緩め、ベッドに横たわる男――海江田修三へと視線を移した。静かな口調に、一瞬で残酷な現実へ引きもどされる。

一昨日の真夜中、フリージャーナリストの海江田は暴漢に襲撃されて重傷を負った。幸か不幸か現場が病院から近かったおかげで、海江田は迅速に救急搬送され、奇遇にも俺の恩人かつ天敵である奈良が担当することとなった。

襲われた原因は――ほかならぬ俺である。

数週間前、俺はひょんなことから〈破壊屋〉なる人物の存在を知った。

〈破壊屋〉は道往く素人に不意打ちでプロレス技を仕掛け、襲撃の一部始終を撮影してインターネットにばらまくマスクマンである。厄介なことに、この覆面野郎はピューマ藤戸の後継者を騙り「自分の目的は世間の常識と良識の破壊だ」と嘯いていた。

　むろん、俺自身はなにも知らない。

　そもそも〈破壊屋〉なる名称自体、俺が過去に請け負っていた「対戦相手をひそかに負傷させる裏稼業」の異名、〈掃除屋〉をマスコミが曲解した名前なのだ。本当にその男が後継者ならば、そのように初歩的な過ちなど犯すわけがなかった。

　とはいえ、一般人が襲われているのは紛れもない事実である。幸いにもいまのところ大きな話題にはなっていないが、このまま犯行が続けば世間も遠からず気づいて、騒ぎになるのは時間の問題だった。そうなる前に〈破壊屋〉の蛮行を阻止せんと、俺はかつての仇敵である海江田へ犯人探しを依頼したというわけだ。

　さすが〈カイエナ〉の名で知られた敏腕記者である。どうやら海江田は早々に真相へ辿りついたものの、うっかり相手に近づきすぎてしまったらしい。結果、俺と電話していたところを羽交い締めにされ、後方へ投げとばされてしまった。状況から鑑みるに、俺の必殺技であるクーガー・スープレックスを食らったと見て間違いないだろう。

　危険な相手だとは理解していたが、まさかこちらに牙を剝くなどとは想定外だった。まったく、おのれの迂闊さに腹が立つ。悔やんでも悔やみきれない。

　海江田にもしものことがあれば――俺は、再び自分の所為で仲間を失ってしまう。

しかも、旧友の人生を奪った技で。

拳を握りしめて押し黙る俺の膝を、再び奈良がヒールの先端で小突いた。

「なんだよ、〝また大切な人を巻きこんでしまった〟なんて後悔してんのかい」

心のうちを見透かされ、慌てて「いやいや」と否定する。

「海江田はどんな技でやられたのか考えていただけですよ。老いぼれても本職だ、プロレスの技がどれほど危険かは、文字どおり身をもって知ってますからね」

「なるほど。そういう意味じゃ〝身をもって知らなかった〟のが幸いしたようだよ」

「……どういうことです」

「診察したかぎり、海江田は抵抗する余裕もなく素直に投げられたらしい。おかげで、偶然にもきれいな受け身を取ったんだろうね、致命傷は免れたようだ」

「そ、それじゃ」

思わず椅子から腰を浮かせる俺に、奈良がちいさく頷いた。

「検査の結果、脳にも頸椎にも異常はなかった。軽い脳震盪だと思うよ。いまは麻酔で眠っているだけさ。ま、あと二、三日は様子を見る必要があるけどね」

「……そうか、本当に良かった」

「ちっとも良かないよ。命に別状がなくても、怪我を負ったことに変わりはないんだ」

安堵する俺を見て、奈良が忌々しげに吐き捨てた。

その顔には静かな憤怒の色が浮かんでいる。俺に対する憤りではない。生命を蔑ろにする者への怒りだ。言動こそ粗暴だが、医師としての矜持はすこぶる強いのだ。

誇り高きドクターが乱暴に髪を掻き、「やれやれ」と顔を歪める。

「やっとガラクタ同然のあんたを修理して、鷹沢も意識を取りもどしたと思ったのに、今度はプロレス技を使う通り魔の登場ときたもんだ。本当にレスラーってのは厄介事が好きだね。で、そのバカはまだ捕まらないのか」

極悪女医の詰問に、力なく首を振る。

深夜とあって、海江田が襲われるところを目撃している者は誰もいなかった。そのため警察は「傷害事件ではなく、単なる事故ではないか」と考えているようだった。

その仮説を裏づけるように、動画に映っていたほかの被害者の詳細もいまだに判明していない。普通に考えるならば病院へ搬送されるか、警察に被害届を提出しているはずなのだが、現時点でそれらしき届出は確認できていないと聞いている。

だから警察は「自作自演のイタズラだろう」と踏んでいるらしいのだが——俺は厭な予感が拭えずにいた。

もしかして〈破壊屋〉は、俺への伝言として海江田を生かしておいたのではないか。ほかの被害者は昏倒後に〈処理〉され、もはやこの世にいないのではないか。

我ながら荒唐無稽な発想だとは思う。けれども相手の目的が判然としない以上、笑い飛ばす気にもなれない。唯一の希望は、襲撃直前に海江田が電話で口にした「破壊屋の手がかり」だが、当の彼が意識不明とあってはどうしようもない。

すなわち現状は完全な手詰まり、八方塞がりだった。

「ちくしょう……向こうが俺の前に出てくりゃ、さっさと正体を暴いてやるんだが」

悔しまぎれに思わず吐き捨てる。途端、奈良の表情が再び険しくなった。

「あんた……また〈掃除屋〉とやらに手を染める気じゃないだろうね」

射竦めるような視線を躱し、俺は「まさか」と慌てて否定した。

「いまのは言葉のアヤですよ、そんな元気なんざありやせん。先生も、俺があちこちで〝あと一試合で引退だ〟と公言してるなァご存知でしょう」

「残念ながらご存知だよ。テレビだの新聞だので、見たくもない大マヌケな顔を何度も拝まされて、そのたびに目薬を点眼するのが面倒で仕方ないってんだよ」

「貴重な最後の試合を、強盗まがいのバカと闘って終える気はありませんや。きちんとリング上で有終の美を飾るつもりですよ」

「医者の立場からすれば、その一試合だって止めてほしいところだけどね」

奈良がこちらをまっすぐに見据えた。顔からいっさいの喜怒哀楽が消えている。この表情を浮かべた暴君は、へたに怒ってるときよりも怖い。

「あんたが馬鹿ヅラを晒していられるのは、この二年間試合をしていないからなんだ。

古傷はオネンネしているだけ、試合をした瞬間に悲鳴をあげるよ。まさかとは思うけど〝あと数試合はできるな〟なんて甘い夢を見ているんじゃないだろうね。やめときな、残酷な現実に逆襲されちまうだけだよ」

ぐうの音も出ないほどの正論に、俯いて口を噤む。

奈良の言葉どおり、かつて俺は対戦相手ではなく自身の肉体と闘い、苦戦していた。積年のダメージによって膝といわず腰といわず身体じゅうが疼き、痛み、軋んでいた。その疼痛が、セミリタイア以降は嘘のようにおさまっている。

だから、未練が湧く。

もしかして、まだ闘えるのではないか——そんな誘惑に駆られてしまう瞬間がある。なりゆきで公言した「残り一試合で引退」を撤回する手はないか、つい考えてしまう。テレビや雑誌で道化を演じ「こっちのほうがよほど楽な暮らしだ」と嘯いているが、心の底では闘いに飢えている。リングにあがりたい衝動を、必死で堪えている。

表情で俺の心中を悟ったのだろう、奈良が「なあ、藤戸」と穏やかに言った。

「試合をせずに引退してもいいんじゃないのか。リングで挨拶して、花束を受けとって四方に頭下げて、手を振りながらリングを降りる……それじゃ不満なのかい」

なにも答えられなかった。「はい」も「いいえ」も嘘になる気がした。

分からない。分からないからこそ、答えを求めて闘いたいのだ。

テンカウントゴングなど、まだ聞きたくはないのだ。

夢想のなかで虚空に投げた問いが、胸の奥に再び湧きあがる。

お前はなんのために引退するんだ。納得できるのか、後悔はしないのか。

どう生きて、どう死ぬつもりだ。

と——場違いなメロディーが部屋じゅうに響き、俺の自問を遮った。

ズボンの尻ポケットで携帯電話が震えている。俺は慌てて立ちあがると視線で奈良に詫びを入れ、廊下へ足を進めた。

通話ボタンを押すなり、不快な声が耳に刺さる。

「おい藤戸、藤戸、藤戸か」

電話の主は《大和プロレス》社長の石倉平蔵だった。古巣からの腐れ縁、煮ても焼いても食えないタヌキ親父がわざわざ俺に連絡をよこすなど、絶対にロクな話ではない。

「名前なんざ一回言えば充分だよ、この風船ジジイ」

「て、帝スポや。今朝の帝スポ読んだか」

帝スポとは全国紙のスポーツ新聞「帝国スポーツ」の略である。プロレス関連の記事が多いため、半ば業界の広報紙的な役割を担っている。

「大和の倒産でもスクープされたのか。だとすりゃ朗報だな、今夜は祝杯だ」

「アホぬかせ、ウチはおかげさまで安泰や。今朝も万札でケツ拭いたったわ」

いつもどおり悪口の応酬を済ませてから、石倉は「なあ、藤戸」と声色を変えた。

「プロレス技で素人を攻撃する〈破壊屋〉っちゅう暴漢の話、聞いたことあるか」

「なん……だと」

予想外の言葉に絶句する。なぜ、こいつの口からその名前が飛びだすのか。

沈黙を否定のサインと誤解したのだろう、石倉が「地獄耳のピューマ藤戸もさすがにまだ知らんかったか」と、やや得意げに言葉を続けた。

「お前、最近〈破壊屋〉とか呼ばれとるやろ。その暴漢、そっくりおなじ名前やねん。あんまり驚いたもんでお前に電話したったんや。しかしマスコミっちゅうんはホンマに適当やで。ワシかて何度も〝掃除屋や〟言うとんのに、さっぱり訂正する気が……」

「んなこたァどうでもいいんだよ、このタコ焼きジジイ。炭になるまで焦がすぞコラ」

痺れをきらし、与太話を無理やり止める。

「さっさと続きを話しやがれ、その〈破壊屋〉がどうしたってんだ」

「正体を告白したで」

2

「おう！　おう！　おうおうおう！」

リングにあがるなり、男はマイクを握りしめて猛犬よろしく吠えたてた。

試合前のマイクは予定外だったのか、体育館には入場曲のハードロックが流れ続けている。スタッフが慌てて音楽を切るなりハウリングが響き、観客が高音に耳をふさいだ。

それでもおかまいなしに喋る男を、俺は呆れ顔で眺めていた。

「おうおうおう！　お前ら今朝の帝国スポーツを見たか！」

マイクを手にがなっているのは、プロレスラーのアンデッド仁王原。かつて俺が所属していたプロレス団体《ネオ・ジパング》の先輩である。当時は本名の仁王原ミノルでリングにあがっていたが、退団後にフリーランスとなってからは現在のリングネームを名乗って、各団体に参戦している。

「おう、新聞は見たのか、どうなんだお前ら、おう、おう！」

「もう……マジでうるさい！　もっと静かに話せよ！」

俺の隣で、元アイドルの流星ミコトが耳を押さえながら絶叫した。

以前は《Ｃ－ｒｕｓｈ》なるグループに所属していたものの、俺との出会いが契機となって脱退、現在は女子プロレスラーめざして奮闘中の娘である。どこまで本気なのか不明だが、レスラーに野次を飛ばす性格は、なるほどプロレス向きかもしれない。

「おいミコト、あんまり騒ぐな。バレたらどうすんだ」

人差し指を唇にあてて「黙れ」とサインを送る。なるべく目立たぬよう二階席の端に座っているが、派手に声を張りあげれば発見されかねない。

ミコトが「別に見つかってもいいじゃん」と頬を膨らませた。

「あ、もしかしてカップルに思われるとか心配してる？」

「安心しろ、お前ェさんと俺じゃ親子にしか見えねえよ」

「おじいちゃんと孫でしょ」

「そんなこたァどうでもいいんだよ。とにかく、今日の目的は敵情視察なんだからな。お前ェさんに同行してもらったのも、あの騒音オヤジが〈本物の破壊屋〉かどうか確認してもらうためなんだぞ」

不満げなミコトを必死で宥めすかす。こちらの小競りあいをよそに、リングの上では仁王原が独演会を続けていた。

「おうおう！　ろくすっぽ新聞も読んでねえ連中のために教えてやる。世間を騒がせているプロレス通り魔の〈破壊屋〉……その正体は、このアンデッド仁王原なんだよ！」

本職のレスラーが暴行犯だった——真実ならば前代未聞の告白である。

石倉が知らせてくれたとおり、今日付の帝国スポーツで仁王原は〈破壊屋〉の動画を取りあげ「このマスクマンは自分だ」と、インタビューで公言していた。犯行の理由については「そのときが来たら語ってやる」と含みを持たせ、記者を煙に巻いている。

けれども、会場の反応は鈍かった。

理由は簡単――大半の観客は彼の発言をまともに信じていないのだ。

なにせこの仁王原、何度となく現役を退くと宣言しては数ヶ月後に復帰を繰りかえす〈引退詐欺〉の常習として知られた選手なのである。

たしかに、引退から数年後に現役復帰を果たすレスラーは珍しくない。動機は怪我の快復や経済的な理由などさまざま、団体がテコ入れのために期間限定で復帰を懇願する場合もあれば、本人が名声を忘れられず戻ってくるケースもある。

だが、この男は次元が違う。復帰した回数――実に七回。

おかげで、いまや彼の引退宣言を鵜呑みにする人間は誰ひとりいない。何度死んでもよみがえるゾンビになぞらえ〈アンデッド〉の渾名がついたほどだ。本人もその異名が気に入ったようで、リングネームをあっさり変更している。

そんな人間の告白であるから、俺とて真に受けてはいなかった。

「十中八九、話題作りの虚言だろう」とは思ったものの、本人が破壊屋を名乗っている以上、真偽を確かめないわけにはいかない。そこで俺はミコトを誘って、彼が参戦する大会を観戦しに訪れたわけだが――。

「さて孫娘、どう思うね」

「秒でわかるよ、百パー別人でしょ」

ミコトが即答する。俺も同意見だった。

レスラーとしては小柄な上背に、オーバーサイズのTシャツでも隠しきれない弛んだウエスト。動画の覆面野郎とはあきらかに体型が異なる。おまけに、破れたジーンズの膝からはガチガチに固めたテーピングが覗いている。あれほどの満身創痍とあっては、クーガー・スープレックスなどとうてい不可能だ。つまり、仁王原が〈破壊屋〉である可能性は、かぎりなくゼロに近い。

とはいえ、試合も見ずに判断するのは早計か──。

俺の内心を察したかのように、ようやく試合が動いた。

「いつまでベラベラ喋ってんだ、このクソジジイ！」

痺れをきらした対戦相手の中堅選手が飛びかかり、ようやくゴングが鳴る。

両者がリング中央で組みあった。通常であれば、この後は相手の力量を確かめようと技の応酬に転じるところだが、試合はなかなか動かなかった。

仁王原がもったりした所作で腕を捻り、どたどたと足を鳴らしながら背後を捕らえる。攻防と呼ぶにはあまりにも緩慢な遣りとりに、客席からは失笑が漏れた。ペースが嚙みあわないのか対戦相手も攻撃しあぐね、たびたび動きを止めている。

「よっしゃ、ドロップキックだ！」

中堅選手が見舞う技を宣言してから、仁王原をロープへと振る。あえて口にしたのは「受けてみろ」という合図、試合をヒートアップさせようと努めている証拠だ。

ロープに身を預けた仁王原が、おぼつかない足どりで中央へ戻ってくる。あきらかにタイミングがずれている。あんのじょう、中堅が繰りだしたドロップキックは仁王原の顎をわずかに掠(かす)っただけだった。仁王原がわざとらしく仰向(あおむ)けに倒れたものの、拍手を送る客はほとんどいない。

「ねえ、ちょっとちょっと」

ミコトがリングから視線を逸(そ)らさぬまま、俺の袖を引いた。

「あのオジさん、なんか下手なんだけど」

身も蓋もない科白に「昔ァ、もうちっとマシだったんだがな」と苦笑する。

《ネオ・ジパング》時代から、仁王原はセンスに乏しい選手だった。

受け身こそ抜群に巧(うま)かったものの、ロープワークや試合運びが野暮ったく、おかげで格も人気も中の下レベルに甘んじていた。今日の試合を見るかぎり、フリーになってもその傾向は変わらなかったようだ。むしろ、加齢でさらに悪化したフシさえある。

俺の説明を聞き終え、ミコトが首を捻った。

「そんなにダメダメなのに、どうしてあのオジさんはいまも現役なのさ」

「あの人はな、試合センスがねェ代わりに〈鼻〉が利くんだよ」

どのように立ちまわれば、自分が話題の中心に居座ることができるか――ネオ時代の仁王原は、その〈におい〉を鋭敏に嗅ぎとって対応する天才だった。

ビッグマッチのすくない週を狙って凶器攻撃でわざと流血し、専門誌に自身の写真を掲載させる。大物外国人選手の来日時には偶然をよそおって空港へ行き、半ば強制的に自分をインタビューしてもらう。トップ選手同士が一触即発となった試合では、いつのまにかエプロンサイドに立ち、自分も重要人物のような顔でフレームへ収まっていた。

その嗅覚は、フリーランスになって以降も如何（いかん）なく発揮されている。

あるときは毒々しいフェイスペイントを施した怪奇レスラーに変身し、記者を深夜の神社へ呼びだして襲撃、専門誌の表紙をぶんどった。金網マッチのために巨大ケージを海外から輸入した際は、ケージの到着日に〈進退表明〉と嘘をついてマスコミ各社を港湾へ招待し、無理やり取材させたと聞いている。

おかげでプロレスに疎い一般層にもそれなりの知名度をほこっている反面、業界内における仁王原の評判は、けっして芳しいものではなかった。集客を見越して参戦させたものの、大会を自身の宣伝に利用され「二度と関わらない」と公言した団体もひとつやふたつではない。とりわけ、真剣勝負を重んじる古巣の《ネオ・ジパング》では蛇蝎（だかつ）のごとく嫌われており、マスコミは選手の前で仁王原の名を出すことさえ禁忌だという。

つまりは業界の鼻つまみ、俺もなるべく触れたくないタイプの先輩である。かような人物ゆえ、帝スポでのカミングアウトも最初から疑っていたわけだ。

試合を目にしたいま、その疑念は確信に変わりつつある。仁王原が〈破壊屋〉である可能性はかぎりなくゼロに近かった。だが――どうも腑に落ちない。〈破壊屋〉の件は、時を置かずしてさらに広く知れわたるはずだ。そうなれば仁王原は通り魔として捕まるか、あるいは偽物であることが露見し「嘘つき」と非難されるか、ふたつにひとつしか道はない。嗅覚のみでリングを生きぬいてきた男が、注目を集めるためだけに、これほど迂闊な真似をするとは思えなかった。

だとすれば別な目的があるはずだ。それは、いったい――。

腕組みをして考えこむ俺の脇で、ミコトが大きな欠伸をした。

試合はしつこく場外乱闘を繰りかえしたすえ、いつのまにか終わっていた。まともに観ていなかったので詳細は不明だが、どうやら仁王原が勝ちをおさめたらしい。

汗だくの勝者がマイクを摑み、勢いよく「おう、おう！」と咆哮する。

「今日はな、特別にな、俺が〈破壊屋〉になった理由を教えてやる！」

うんざりしてハンチングを被り、帰り支度をはじめる。茶番は充分だった。いかなる目的があるにせよ、これ以上与太話につきあう意味などない。

「やれやれ、無駄足だったな」

独りごちてからミコトに退席を促し、出口へ向かおうとした――その直後。

「それは……ピューマ藤戸との一騎打ちが目的だ！」

いきなり飛びだした自分の名前に面食らい、足が止まる。

意外な答えにざわつく客席を眺め、仁王原がほくそ笑む。勿体をつけるように、おのれの両手を握っては開きを数回繰りかえしてから、再び〈引退詐欺師〉が口を開いた。

「藤戸は、俺が昔所属していた団体の後輩でな。あいつが若手時分には食事を奢ったり技を教えてやったりと、そりゃあいろいろ面倒を見てやったもんさ。いわば俺が育ての親、師匠みたいなものだ」

いますぐ乱入したい衝動を懸命に堪える。技どころかスパーリングの経験すら皆無、メシを食わせてもらったことなど一度もない。出鱈目もいいところだ。

「ところが！　ところがだ！」

仁王原がマイクを齧らんばかりに近づけ絶叫した。あまりの声量に音が割れている。

「あいつは最近〝あと一試合で引退します〟なんて、ふざけたことをヌカシてやがる。師匠の俺を倒さずに引退するなど絶対に許さん！」

「仁王原、お前は何度も引退してるもんな！」

観客のひとりが野次を飛ばし、仁王原が言葉を止めた。

「なんだと」

怒気をはらんだ声に、会場が静まる。

気まずい空気が漂うなか、アンデッドは客席を見まわすと、

「ふざけんな、俺はたったの七回しか引退してねえよ」

緊張を解かれ、どかんと笑いが起こる。その反応を満足そうに眺めてから、仁王原は思いきり息を吸って、ひといきに捲したてた。

「俺からすりゃあ、一回の引退なんてヒヨッコだ。そんなもので大騒ぎしている藤戸の目を覚ますため、俺は〈破壊屋〉になったんだ。さあピューマ藤戸、俺を止めてみろ！育ての親を倒してみろ！　師匠を超えてみせろ！」

喝采を送る観客に呆れつつ、ようやく納得した。

なるほど――目的はこれか。俺の引退試合で闘うための布石か。

数週間前、俺はひょんなことから「引退試合の相手を探している」と口走っていた。その言葉は瞬く間に業界内に広がり、いまや若手からベテランまで〈最後の好敵手〉に選ばれようと、盛んにアピールをしている。そこまで注目されるのは有り難かったが、まさか仁王原まで乗っかってくるとは想定していなかった。

「さて……どうしたもんかね」

放っておくのが最善だとは思うが、さりとて自分の名前を使われっぱなしというのも気分が悪い。釘を刺しておかなければ、この後も好き放題に言われるのは確実である。

「……ミコト、先に帰ってくれ。今日はつきあわせて悪かったな」

「え、何処に行くのさ」

「腐っても先輩だ。挨拶くらいしておこうと思ってな」

まあ――場合によっちゃ、挨拶だけじゃ済まねえけどよ。

ハンチングを深く被りなおし、俺は楽屋に続く廊下へと向かった。

3

「さて……そろそろ客は帰ったかな」

廊下がすっかり静かになったのを確認して、体育館の個室トイレを抜けだす。会場を覗くと、若手はみなリングの撤収作業に追われていた。

だとすれば、いまバックヤードに残っているのはあの男だけのはずだ。廊下を足早に進み、〈アンデッド仁王原〉と貼り紙がされた部屋のドアを躊躇(ちゅうちょ)なく開ける。

あんのじょう、控え室では〈死にぞこない〉が曲がらぬ膝と格闘しながら、ズボンを脱いでいた。隣では、付き人とおぼしき五分刈りの大男が懸命に脱衣を手伝っている。

「……おお、ヒョウじゃねえか」

仁王原が俺に気づき、驚く様子もなく不敵に笑った。あいかわらず傲岸不遜な態度、古巣時代のニックネームで呼ぶのは、先輩の威厳を示しているつもりなのだろうか。

もっとも、こちらは敬う気など毛頭ない。死人を墓へ埋めにきたのだ。

「いまごろ呑気に来やがって、どうせならマイク中に襲ってこいよ。客もマスコミもいないバックヤードで睨みあっても、ビタ一文儲からねぇだろうが」

「師匠の仁王原先輩が一銭も稼げねェように、このタイミングを選んだんですよ」

こちらの嫌味に唇を歪め、仁王原が「……おい」と手を払った。

ジェスチャーの意味を汲みとれず、五分刈りの付き人が「あ、ええと」と狼狽する。

その脇腹を蹴り飛ばし、アンデッドは「出ていけってんだよ！」と叫んだ。

慌ただしくドアが閉まると同時に、仁王原が深々と息を吐いた。

「まったく……気が利かねえ茶坊主だ。去年、入門を直訴してきやがってな、あんまりしつけえもんでカバン持ちをさせてるんだが、いつまでも要領が悪くて困っちまうぜ。ま、お前も若手時代は負けず劣らず真面目だったよな。ほら、道場でよ……」

「昔話はまた今度にしましょうや」

不毛なお喋りを遮って歩みよる。迂闊に追従しようものなら、たちまちゾンビ野郎のペースに巻きこまれかねない。

「先輩……騒動に乗じて紙面を飾ろうとするのがあんたの常套手段なのは知ってます。ですがね、今回は素人が怪我をしちまってるんですよ。リング内の話じゃねェんです。偽物がしゃしゃりでるなァ、ご勘弁願えませんかね」

「だったらなおのこと、一刻も早く俺をぶちのめして〝こいつは偽物の破壊屋だ〟って言わねえとマズいだろ。ヒョウ、やっぱり俺と闘うのが最善の選択だよ」

「悪ィが、俺ァ〝あと一試合で引退する〟と公言してる身なんです。なにが悲しくて、あんたみたいなポンコツで有終の美を飾らなくちゃいけねェんですか」

ポンコツという単語を口にした瞬間、仁王原の表情が変わる。拳をそっと握りしめて〈師匠〉の急襲にそなえた。なに、乱闘になっても構うものか。正式な試合にカウントされないのであれば、リハビリ代わりの殴りあいは大歓迎だ。

だが——仁王原はやおら相好を崩すと、声をあげて笑いだした。

「なにをヌカすかと思いきや、有終の美ときたもんだ。グリーンボーイの時分から青い野郎だと思ってたが、五十を過ぎてもオツムは青二才のままか」

「キレの悪い挑発ですね。口八丁の先輩も、さすがにヤキがまわったようだ」

「挑発じゃねえ、すなおな本音だよ」

仁王原が立ちあがり、こちらを直視した。すでに笑顔は消えている。

「華も力もねえレスラーが、老いた自分を誤魔化しながらリングにしがみついてる……お前、俺のことをそう思ってんだろ」

返事に窮し、口籠る。本人からそこまで率直に言われると「はい」とは答えにくい。

「そのとおり。俺は未練がましい老いぼれだ。だが……それの、なにが悪い」

仁王原がさらに一歩こちらへ近づく。先ほどまでの外連味あふれる口ぶりではない。

凪いだ海を思わせる、底の見えない静かな怖さが声色に滲んでいた。

「ヒョウ……かわいい後輩のお前に、師匠代わりの先輩からアドバイスを送ってやる。プロレスってのは強い選手が勝利するんじゃねえんだ。どんな手を使っても、最後までリングに立っていたやつの勝ちなんだ。それが、本当に強いプロレスラーなんだ」

息を呑んだ。

その言葉は、このあいだ聞いたばかりの科白ではないか。それこそがプロレスの魅力なのだと、根津が宣っていた口上ではないか。

「そ、そいつァ、あくまでも試合の話でしょうが」

「人生だって長い無制限一本勝負みてえなもんだろうが。なあ、プロレスってのは弱い人間に希望を与えるものじゃねえのか。無様にリングへ這いつくばり、惨めにマットへ縋りつく……そんなプロレスラーこそ、客の胸を打つ存在なんじゃねえのか」

拳を開閉しつつ、仁王原がひときわ冷ややかな声で問うた。

「たった一試合に執着するお前と、誰の記憶にも残らない闘いを毎日続けている俺……さて、プロフェッショナルのレスラーはどっちだ。答えてみろ、ヒョウ」

「いや、それァ……」

反論できずに言い淀んでしまう。仁王原の意見を否定できない自分がいる。

おめおめとリングで生き恥をさらすより、引き際を見きわめ綺麗に去るべきだ——。

本当に、そうなのだろうか。どんなに見苦しくても、蔑まれても、リングに齧りつき闘っているこの男のほうが、レスラーとして正しいのではないか。

不味い、すっかり搦めとられている。墓の下へ引き摺りこまれている。

唇を硬く結ぶ俺を眺めながら、仁王原がズボンのポケットを弄った。

「なにも言いかえせねえか……だったら、こいつを受けとってくれるよな」

目の前に差しだされたのは、一輪の花だった。

プラスチックの造花。鮮やかな偽物。華やかな嘘。つまりは、プロレスラーの象徴。

これは──俺への依頼状だ。

確信する。この男は、最初からこの瞬間を狙っていたのだ。俺を来訪させるために新聞を使って騒ぎたて、試合後に長広舌をふるったのだ。

「ヒョウ、俺と闘え」

鼻先に突きつけられた花を、反射的に掌で押しかえす。

「さっきも〝無理だ〟と言ったでしょう。それに、その花は対戦表明じゃねえ。選手を始末してくれというメッセージだ」

「ああ、知ってるぜ。だから俺は始末を依頼してるのさ。アンデッド仁王原とリングで闘って、お前の〈引退宣言〉をみずからブッ壊しちまえ……そう言っているんだよ」

「くだらねェ。さっきから詭弁ばかりヌカしやがって」

ようやく、ひとことだけ絞りだす。

「あんたの理屈ァ、さっきのマイクと一緒だよ。一見スジがとおっているようで、実のところ全部デタラメ、単なる詐欺師の戯言だ」

「詐欺師とは心外だな。きちんと対価を払うつもりなのによ」

駄目だ、これ以上耳を貸したら呑まれてしまう。ここはいったん退却しろ。

心の声にしたがい、踵をかえして出口へ向かう。

ドアノブに手をかけた瞬間、〈死にぞこない〉が口を開いた。

「俺と試合をするなら〈破壊屋〉の正体を教えてやる……それが対価だ」

止せ、聞くな、戯言だ。心の警告とは裏腹に、俺は仁王原へと向きなおっていた。

「どういうこった……あの覆面のチンピラは、あんたの身内ですかい」

詰問に、仁王原が「まさか」と笑った。

「顔も素性も知らねえ赤の他人だよ。そもそも俺は、観衆が目の前にいねえと燃えないタチなんだ。あんな映像で騒動を起こしたって、無観客じゃ面白くもなんともねえ」

「じゃあ、正体なんざ分かるわけが」

「分かるのさ。それだけは嘘じゃねえ。そうか……やっぱりてめえは気づいてねえか」

「なにを」

「闘ったら教えてやるよ」

再び、仁王原が造花を顔の前に掲げる。

「ヒョウ、分かってんだろ。お前は俺と試合をするしかねえんだ」

人工の花が、やけに艶やかで生々しい色に見えた。

4

「いやあ、今日はとりわけ傑作だな。いかにも仁王原さんらしい遣り口だよ」

話を聞き終えるなり、鷹沢は夜の病室に響きわたるほど大声で笑った。

鷹沢雪夫――若手時代に《ネオ・ジパング》で切磋琢磨した唯一無二の同輩である。俺の技によって長らく昏睡状態に陥り、ようやく意識を取りもどしたものの腰から下が麻痺したままで、現在も寝たきりの状態が続いている。

けれども、盟友はそんな辛い現実に心折れることなく、快活に日々を過ごしていた。とりわけ昔から明晰だった頭脳は意識が戻ってこのかた、まるで動かぬ身体を補うかのように、ますます冴えわたっている。ここ数ヶ月だけでも、俺はいくつかのトラブルを鷹沢の助言で解決に導いていた。ゆえに、俺は今夜も仁王原のもとを去るなり病院へと直行し、ことの顚末を〈名探偵〉に相談していたというわけだ。

もっとも――すべてを包み隠さず話したわけではない。〈破壊屋〉に関連する部分は巧妙に伏せ「仁王原から挑戦を迫られた」という筋書きのみを語った。

なにせ〈破壊屋〉が使っているのは、鷹沢をこんな姿にした技なのだ。

お前を壊した技で、新たな犠牲者が出ている——その残酷な事実を当事者たる鷹沢にどうやって伝えるべきか、俺はいまだに迷っていた。

「あのなあ、笑いごっちゃねェんだぜ。もうすこし真剣に考えてくれよ」

そんな内心を気取られぬよう、仰々しく渋面を浮かべながらベッド脇の丸椅子へ腰を下ろし、床頭台に肘をつく。と、そのはずみで台の上に立てかけられていた封筒の束が傾ぎ、ぱさり、と軽い音を立てて倒れた。

「こいつは……全部ファンレターか。さらに増えたんじゃねェか」

「ああ、今月はいつもの倍だ。理恵がきれいに仕分けしてくれるんで助かるよ」

「へえ、あの子が整理したのか」

懐かしい名前に、思わず顔が綻んだ。朋友の愛娘、理恵の笑顔が脳裏に浮かぶ。

鷹沢が昏睡状態に陥っていた時期、理恵は愛する父をこのような目に遭わせた俺——否、プロレス自体を蛇蝎のごとく嫌っていた。しかしそれとて昔の話、俺の死闘を経て和解して以降は、ともに鷹沢を支える同志のような存在になっている。昨年から関西の大学に進学したとかで、しばらく顔を見ていないが、鷹沢によれば月に一度は見舞いに病室を訪れているらしい。

俺を睨みつける理恵のまなざしを思いだしながら、手紙の束に目を落とす。

「それにしてもすごい量だな。俺なんぞより、よほど人気者じゃねェか」

「このあいだテレビ局が取材に来てから、どっと増えたんだよ。ディレクターによれば俺は〈みんなに勇気と希望と感動を与える、不屈のレスラー〉らしい」

虚空を見つめて鷹沢が呟(つぶや)いた。その物言いに、そこはかとなく棘(とげ)がある。なにを憤っているのか——親友の思いが汲めず、俺は口を開けずにいた。

「……すまん、仁王原さんの話題だったな」

鷹沢がいつもの表情に戻る。

「正直をいえば、彼には羨望を抱いてしまうんだよ」

「なんだと。あのホラ吹きジジイが羨ましいってのか」

「ああ、羨ましく思う。むしろ、尊敬していると言ったほうが正しいかもしれない」

「……鷹沢よ、最近はお前ェさんてェ人間がわからなくなってきたぜ。げん……」

現役時代の——と言いかけ、とっさに口を噤む。鷹沢はまだ引退したわけではない。

「い、以前のお前はストレートな闘いが信条だったじゃねえか。なのに、このあいだは〝デスマッチも嫌いじゃねえ〟なんてヌカすし、今度は引退詐欺師の仁王原を〝尊敬してる〟ときたもんだ。あの惨めな男を尊敬たァ、どういう風の吹きまわしだよ」

「あの人は……惨めな生きざまを自分で選んでるじゃないか。俺と違って」

言葉に詰まる。

なにを言わんとしているのか、痛いほど理解できる。だからこそ、なにも言えない。

駄目だ藤戸、折れるな。崩れるな。お前は、打ちひしがれる資格などない。

大きく息を吸ってから「仁王原がそこまで上等なタマかよ」と笑い飛ばす。

「あの人は、ほうぼうに参戦しちゃ出禁を繰りかえす問題児なんだぜ。どうせだったら俺なんぞ無視して、全団体参戦の皆勤賞でも狙ってくれれば助かるんだけどな」

軽口を叩いてみたものの、鷹沢はなにも答えなかった。虚空に視線を漂わせたまま、唇をきつく真一文字に結んでいる。

「お、おい、どうした」

体調が悪化したのか、それともなにか逆鱗に触れてしまったのか。

と、狼狽える俺へ鷹沢が鋭いまなざしを向けた。

「藤戸、確認させてくれ。仁王原さんは、各団体を転々としているんだな」

「……ああ、石倉んとこの《大和プロレス》にも参戦したがギャラで決別しちまった。風船社長が〝あの守銭奴の腕をひきちぎってくれ〟と〈掃除屋〉の依頼をしてきたぜ。あまりにも馬鹿馬鹿しくて断ったが、あのとき引き受けておけば良かったよ」

茶化してみたものの、あいかわらず鷹沢は微笑ひとつ見せない。

「ほかに参加した団体はどこだ」

「え、そりゃ……いろいろあるはずだけどよ」

「検索してくれ、頼む」

「お、おう」

　静かな迫力に気圧(けお)され、俺は携帯電話を取りだすと〈アンデッド仁王原〉の名前を検索した。インターネットを開き、ファンが作ったブログを確認していく。

「ええと……ネオの後輩だった羽柴(はしば)んとこの《XXW》には、先輩風を吹かせて強引に自分をブッキングさせたようだな。もっとも、あそこのファンは若いネエちゃんが大半だろ。どうやら大ブーイングを食らって、一戦かぎりで撤退したようだ」

「ほかには」

「あとは、根津の《BBB》にも参戦しているな。こっちァ若手選手の台頭で居場所を失ったのか、怪奇レスラーでお茶を濁したすえ契約切れになったらしい」

「ほかには」

「お、おう。ちょっと待ちな。残りもすぐに調べるからよ」

　いっこうに止(や)まぬ質問に戸惑いつつ、俺は仁王原の参戦記録を次々にあげていった。

　格闘技系の団体に乱入したが相手にされなかったこと、首都圏で活動する小規模団体へ参戦したものの、仁王原のマイクがあまりにも長すぎて会場から超過料金を請求され、揉(も)めに揉めたこと、等々——見つかるかぎりの情報を語って聞かせた。

「……これで全部のはずだ」

十分後――ようやくあらかたのデータを調べあげ、携帯電話をしまう。

じっと耳を傾けていた鷹沢が「つまり」と零した。

「いま名前のあがらなかった団体には、仁王原さんは参戦していないんだな」

「そういうこと……だろうな」

「お前は参戦しているが、仁王原さんにとっては未知の団体もあるんだよな」

「ま、まあ、そりゃ当然あるさ。たとえば……」

瞬間――閃く。

「……まさか《あの団体》か」

俺の言葉に、鷹沢がようやく微笑んだ。

「見舞いに来た後輩連中から、お前が《あの団体》で活躍したという話は聞いている。もし仁王原さんがその事実を知らないなら、そこにチャンスがあるはずだ」

「チャンス……」

わけがわからぬまま、鸚鵡返しに呟く。

「俺の見立てが正しければ、仁王原さんの〈本当の目的〉は、お前との対戦じゃない。別な理由があるはずだ」

「別な理由って……いったい、なんだよ」

「まだ確証は持てないが、彼のキャリアを考えれば俺の推理は間違っていないと思う。大丈夫。お前なら、かならず彼の〈本当の目的〉を探しあてられるよ」

「……分かった」

打開策の詳細さえおぼつかないというのに——なぜだろう、鷹沢の言葉はすんなりと信頼できた。かならず希望を見出せる、そんな確信が持てた。

やはり、俺の相棒はこの男しかいない。

彼にならく破壊屋〉の件を告白してもいいかもしれない。

「鷹沢……この鬱陶しい一件が片づいたら、相談したいことがあってな」

「ああ、ずっと俺に伏せていた話だろ」

躊躇いのない科白に舌を巻く。とっくに気づいていた——のか。

すっかり観念し、俺は「そのとおりだよ」と言った。

「もうすこし調べる必要があるんで、詳しい内容はまだ言えねェがよ、俺が……いや、俺とお前のふたりで作りあげたクーガー・スープレックスが、どうにも我慢ならねェ形で使われてやがるんだ。どうすればいいか、知恵を貸してくれ」

「わかった……そのかわり、お前にも頼みがある」

そこで言葉を止め、鷹沢は沈黙した。電子音だけがゴングのように響いている。

「すべてを諦めた人間は、どう生きるべきか。お前なりの答えを教えてくれ」

「そりゃ……どういう意味だ」

問いながら思わずベッドへ近づく。けれども友は、すでに目を瞑っていた。

「……すこし疲れたよ。今日はもう休む」

「あ、ああ」

別れを告げようとしたが、上手く言葉にならない。誤魔化すように咳きこみながら、俺は病室の外へ飛びだした。

いまの科白はなんだ。どう受け止めればいいんだ。暗い廊下を走りながら、考える。

部屋はすっかり遠ざかったというのに、出口の灯りはまだ見えない。

とうに聞こえないはずの電子音が、耳の奥で反響していた。

5

久方ぶりに見る東北の空は、どこまでも広々としていた。

「あいかわらず、のんびりした場所だぜ。悩むのが馬鹿馬鹿しくなっちまう」

誰にともなく言いながら大きく伸びをした直後、「おい」と背中を小突かれた。

振りかえった先には、アンデッド仁王原が不機嫌そうな顔で立っている。その隣ではくだんの付き人がキャリーケースを汗だくで引きずっていた。

「遅くなったな、不動のやつが道を間違えやがってよ。この野郎ときたら、根っからの方向音痴なんだよ。通いなれた両国に行く道さえ迷ったすえに破門されやがった」

どうやら、付き人は不動というリングネームらしい。会話から察するに、相撲時代の四股名なのだろうか。どちらかといえば、不動というより地蔵じみた相貌をしている。

「で……こんな田舎の体育館まで呼びだす理由は、いったいなんだ」

仁王原の質問を無視して、微笑みかける。

「遠路はるばるお疲れさんです。《やまびこプロレス》は初観戦ですか」

意趣返しのつもりか、仁王原は俺の問いを無視すると「俺は自分の試合以外には興味ねえんだ」と、ぞんざいな口調で吐き捨てた。

思ったとおりだ。ゾンビ野郎はこの団体を知らない。

《やまびこプロレス》は、東北を中心に活動している地元密着のローカルプロレスだ。地方団体とあって有名な選手はほとんどおらず、マスコミの取材もほとんどないときている。それゆえ〈それなりの対価〉を求める仁王原の視界には入らない団体だろうと踏んでいたのだが——どうやら予想は的中したらしい。

つまり、仁王原は知らない。俺との関係も、この団体の持つ底力も。

ならば——鷹沢の作戦は成功するはずだ。

内心で拳を握りしめながら、俺はふたりを村立体育館のなかへといざなった。

会場は、心なしか以前より観客数が増えているように見えた。

リングの周囲にはブルーシートが敷き詰められており、客は玄関で外履きをビニール袋に入れて、花見よろしく直に座る仕組みになっている。かつて参戦したおりは青い下地がちらほら見えていたのだが、今日はほとんどの場所が老若男女で埋まっている。所属選手が堅実なファイトを続け、着実に支持を集めている証拠にほかならない。

かろうじて空いていたブルーシートの端へ胡座をかくなり、仁王原が「おいヒョウ、そろそろ教えろ」と凄んでみせた。

「こんなクソ田舎まで呼びだした目的はなんだ」

「そりゃ、試合に決まってるでしょう。もし……今日の試合を観て、気が向いたときは乱入してやってください。団体から許可は取りつけてあります」

「なんだと」

「試合をぶち壊すのも自由、マイクを握って好きなだけ喋っても問題ありません。俺の名前を出してくれれば、この場でシングルマッチをしたって構いませんぜ」

「そうは言っても……余所のリングでそんな真似……」

「藤戸さん、お久しぶりです」

朗らかな声に振りむくと《やまびこプロレス》代表のレスラー、トルネード・ノブナガが直立不動の姿勢で立っていた。スーツ姿にマスクというミスマッチないでたちが、どうにも可笑しい。おそらく試合前に挨拶するための正装なのだろう。

「元気そうじゃねェか。今回は無理を聞いてもらって、すまねえな」

会釈する俺に、ノブナガが「とんでもない」とかぶりを振った。

「二年前に藤戸さんが参戦してくださって以来、ウチの連中もいっそう気合いが入りましたから。あのときのお礼になるのであれば、この程度はお安いご用です」

嬉しそうに微笑んでから、ノブナガが仁王原へと向きなおり、一礼した。

「はじめまして。当団体の代表を務めているノブナガです」

「お、おお」

戸惑いを隠せぬままで、仁王原が起立する。付き人の不動もあとを追い、どたばたと立ちあがって一礼した。

「藤戸さんからお話は伺っています。大先輩の仁王原さんがご覧になって、まんがいち不甲斐ない試合があった場合は、好きなだけ喝を入れてください。誰とでも、どんな形でも構いません。自由に試合をしてくださってけっこうです」

「いや、しかし……」

「なあノブナガ、いちおう確認しておくけどよ」

混乱する仁王原の言葉を遮り、すかさず会話に割りこむ。

「相手が俺だとしても、問題ねえのかい」

俺に、ノブナガが「もちろん、大歓迎ですよ」と微笑んだ。

唖然としている仁王原を横目でたしかめ、心のなかで再びガッツポーズを作る。

鷹沢の病室を去った直後、俺はすぐさま《やまびこプロレス》へ連絡を入れた。

もちろんノブナガにすべてを伝えたわけではないが、彼とてメキシコで修行を積み、帰国後は故郷で団体を牽引してきた遣り手である。みなまで言わずともなにかを察し、快諾してくれたのだ。

「では、そろそろ試合が始まりますので……ここで失礼します」

礼儀正しくお辞儀をしてから、ノブナガが足早に去っていく。

その背中を見つめながら、仁王原が舌打ちをした。

「……てめえの魂胆が読めたぞ。〝こんな田舎でピューマ藤戸と闘っても無駄骨だ〟と、俺が諦めるに違いないと思ったんだろう」

答えぬ俺をひと睨みして〈アンデッド〉は「舐めるなよ、小僧」と吠えた。

「どんな状況だろうが話題をこしらえ、世間の注目を集めて、ここまで生き延びてきたんだ。どれほどのローカル団体だろうが田舎の会場だろうが、注目を集める方法はいくらでもあるんだよ。たとえ団体を潰してでも、一面を飾ってやるからな」

呪詛よろしく悪態を吐き散らかす仁王原へ「楽しみにしてますぜ」と微笑みながら、

俺は祈っていた。

頼むぜ、プロレス――信じてるからな。

6

第四試合――メキシコ仕込みのルチャを堪能できるタッグマッチが終わった。

予想どおり、ゴングが鳴っても仁王原に動く気配はない。乱入の機会を窺っていると いうよりは牧歌的な空気に戸惑っているように見える。いっぽう隣の不動は、はじめて目にする選手たちのファイトを真剣に見入っていた。

と、和やかな空気がわずかに変わる。

「これより本日のメインイベント……スペシャル・シングルマッチ、三十分一本勝負をおこないます！　まずは青コーナー、メガデス・デーモン選手の入場です！」

リングアナの声に続いて荘厳なクラシックが流れはじめ、まもなく通用口から巨漢のマスクマン〈メガデス・デーモン〉が姿をあらわした。

髑髏をモチーフにした覆面を被り、スカルマークがプリントされた黒色のTシャツを身につけている。身長はおよそ二メートル、体重は百三十キロといったところだろうか。歩き方や筋肉を見るかぎり、柔道やレスリングあがりではない。酒場の揉め事や路上の喧嘩で腕っぷしを鍛えた、いわゆるラフファイターの部類なのだろう。

デーモンが観客を威嚇しながら場内をゆっくりと一周し、コーナーポストへあがる。マスク越しに雄叫びをあげた直後、古めかしいロックンロールが体育館にこだました。

「続いて、赤コーナーから……今日もバリバリ、ヤンキーマスク選手の入場です！」

手拍子に合わせ、額の部分が異様にふくらんでいるマスクマンが小走りでリングへ近づいてきた。ヤンキーマスク――かつて俺に共闘を直訴してきた弱小マスクマンだ。

二年前は箸にも棒にもかからないポンコツだったが、俺とのタッグで初勝利したのを機に人気を集めるようになったらしい。昨年、トップ選手のジンギス・ミカンが海外へ武者修行に出て以降は、エース代理として団体を牽引する存在になったと聞いている。

最前列の客とハイタッチを交わしながら、ヤンキーがリングにふわりと駆けのぼる。その姿を見て、思わず「ほう」と声が漏れた。

リーゼントを押しこめたマヌケな覆面こそ以前と変わらないが、下半身がひとまわりほど大きくなり、均整の取れた身体になっている。この二年、どれほどハードな練習を重ねてきたかを、その肉体が証明している。

愛弟子の成長を喜びたいところだったが、あいにくそんな余裕はない。

「期待してるぜ、元ポンコツ」

呟くと同時にゴングが鳴り、メガデス・デーモンが一気に突進した。体重にまかせたショルダータックルで相手を跳ねとばすつもりだ。直撃すればダメージは大きい。

　ヤンキーが髑髏巨人の突撃を巧みに躱すと、すばやく腕を掴んで捻りあげた。関節を極められたデーモンが、マットに転がって逃げようとする。それでもヤンキーは諦めることなく、身体を瞬時に入れ替えて再び腕をねじった。

「ふうん……」

　仁王原が、野太い声で唸った。

「あの妙チキリンな覆面の兄ちゃん、意外と正統派だな」

「ええ」と答えながら内心で驚く。さすがは元ネオ、観察眼は衰えていない。

「二年前、いろいろあってタッグを組む羽目になりましてね。そのときにネオの流儀を叩きこんだんです」

「なるほど……だが、あれじゃ勝てねえぞ。相手のほうが百戦錬磨だ」

　アンデッドが掌を開閉させながら、不敵に微笑んだ。

　ゴングから五分後──はからずも彼の言葉は現実となる。

　はじめこそサブミッションで相手を翻弄していたヤンキーマスクだったが、いざグラウンドに持ちこむと、体格差が邪魔して思うように攻撃できない場面が増えはじめた。

　なんとか猛攻を仕掛けるものの、そのたびに剛腕で反撃され、たちまち帳消しになってしまう。おまけにデーモンはラフファイトがすこぶる巧みで、レフェリーのチェックを掻いくぐっては目潰しや金的、果ては隠し持った工具でヤンキーを痛めつけていた。

「な、言っただろ」

マットへ横たわるヤンキーマスクを見ながら、得意げに仁王原が嘯く。

「……どうして、勝てねえと踏んだんですかい」

「あのツッパリ兄ちゃんはな、てめえの技術やセンス、成長や進歩を認めてもらおう、注目されようと思いながら闘っている。だが、それじゃあ勝てねえ。順番が逆なんだ。勝利を求めてもがくからこそ、選手としての魅力が光るんだよ」

「……見直しましたぜ。注目と話題を重視するアンデッド仁王原の科白たァ思えねェ」

驚くほど的確な解説に、思わず本音が漏れる。

けれども仁王原は怒る様子もなく、

「そういう人間だからこそ、分かるんだよ」

どこか寂しそうに答えて、じっと掌を見つめた。

仁王原の言葉を証明するがごとく、試合はメガデス・デーモンの優勢となっていた。髑髏の巨人はおよそ技と呼べないパンチやキックを無尽蔵に繰りだし、ヤンキーを一方的に痛めつけている。あまりの凄惨な展開に、観客の多くが声を失っていた。

「藤戸、ちょうど良い機会だ。このあいだの答えを聞かせろ」

館内が静まりかえるなか、仁王原が地鳴りを思わせる声で呟いた。

「技術に執着してボロ雑巾になっているお前の弟子と、なりふり構わず勝利にこだわる髑髏ガイジン、正しいのはどっちだ。一試合に固執するお前と、何度死んでもリングにしがみついて生き抜こうとする俺、本当のプロはどっちだ」

「それは……」

「返答によっちゃ、いますぐ乱入する。試合を台無しにして、話題をさらってやる」

仁王原が、俺の鼻先へ握り拳を突きつける。

答えに窮し、その指を見つめ――ふいに俺は気づいた。

見つけた。これが、鷹沢の言っていた〈本当の理由〉だ。

身体を一陣の風が吹きぬける。覆っていた靄が晴れ、目の前の景色がひらけていく。

進むべき路が見える。答えが見える。活力が胸の奥から湧きあがる。

「仁王原先輩……ようやく答えが出ましたよ」

その場にすっくと立ちあがり、俺は〈不死者〉と対峙した。

「生き抜くってのは、おのれの居場所を守るためにしがみつくことじゃねえ。大事な人間を守るために諦めねえことだ。自分を信じているやつのために、そいつらの未来のために、希望のために闘うことだ。それを忘れない選手こそ本物のレスラーだ、プロのレスラーなんだ。だから、俺は」

　あいつを信じる。

リングに向きなおると、俺は大きく息を吸って——吠えた。希望に向かって吠えた。

「ヤンキー、自分を信じろ！　お前は希望なんだぞ、未来なんだぞ！」

俺の声に気づき、ヤンキーが倒れたままこちらを向く。

マスクから覗く目には、驚きと喜びの感情が浮かんでいる。

デーモンがヤンキーの頭部を鷲摑み（わしづかみ）にして無理やり起こし、右腕を高々と掲げた。

とどめのラリアット——あれを食らったら一巻の終わりだ。

「フィニッシュ！」

絶叫とともに髑髏仮面が右腕を大きく振った次の瞬間、ヤンキーが身を屈（かが）めて相手の腰に抱きついた。両手をしっかりホールドし、腰を落として一気にブリッジを決める。

「フロントスープレックスだ！」

不動が腰を浮かせて叫ぶ。きわめてスタンダードだが、気の遠くなるような反復練習なしには、けっして成功しない投げ技——成長のあかし、努力のしるしだ。

きれいな弧を描き、デーモンがマットに叩きつけられる。それでもヤンキーは抱えた腕をほどかずに、そのまま巨体をフォールした。レフェリーがすばやく腹ばいになってマットを叩く。観客がいっせいに「ワン！　ツー！」と合唱する。

「……スリー！」

大歓声のなかでゴングが打ち鳴らされ、勝利を告げるロックンロールが流れだす。

「十五分二十秒、フロントスープレックス・ホールドで、ヤンキーマスク選手の……」

「ファァァック！」

　勝者のコールは最後まで続かなかった。

　裁定に納得がいかないメガデス・デーモンがマイクを奪いとり、大声で喚き叫んだ。さらにリングへ戻ってレフェリーを突き飛ばすと、倒れたままのヤンキーめがけ猛烈なストンピングを叩きこむ。騒ぎを聞きつけ、裏手から選手たちがリングへ雪崩れこんできたが、いったん火のついた髑髏巨人は止まらない。パイプ椅子を振りまわして選手を次々に薙ぎたおすと、ついには最前列の観客にまで蹴りを見舞いはじめた。

　あきらかな暴走、ヒールの領分を逸脱した蛮行だ。

「さて……どうします先輩。ここであんたが乱入すれば話題沸騰、拍手喝采ですぜ」

　俺の言葉に仁王原が拳を握りしめた。その指が、小刻みに震えている。

「てめえ……一丁前のゴタクをぬかしたと思ったら、今度は挑発か」

「なにを怒ってるんですか。話題を作るのがあんたの生き方なんでしょう。そうやって生き延びてきたんでしょう。だったら今日も、自分が正しいと思う路を選べばいいじゃねェですか。おのれに嘘のない選択をすれば良いじゃねェですか」

「……言われなくても、そうするつもりだよ」

　俺を直視していた仁王原が、隣の不動へ視線を向ける。

「不動」

「は、はい」

突然名前を呼ばれて狼狽する付き人を一瞥し、仁王原がリングを顎で指した。

「あのツッパリ兄ちゃんを助けてこい」

「え」

「聞こえなかったのか。リングに乱入して髑髏ガイジンを蹴散らすんだよ。そのあとでマイクを奪ってリングネームを名乗れ。〝こんな悪行は看過できねえ、俺が相手だ〟と人生でいちばん大きな声を出せ」

「いや、けれども……乱入だったら自分より仁王原さんのほうが慣れてますし」

「俺じゃ、希望にならねえんだよ。未来が描けねえんだよ。今日はダメでも明日には、明後日(あさって)には勝てるかもしれない。そんな希望を抱ける選手がリングに飛びこまなきゃ、お客は団体に未来を見出せねえだろうが。プロレスに希望を持たねえだろうが」

「で、でも……」

ばしん——乾いた破裂音があたりに響いた。

なおも躊躇う不動の頬を、仁王原が思いきり張ったのだ。

「大丈夫だ、おめえはアンデッド仁王原の弟子なんだぞ。さあ、行け」

痛みに目を閉じていた不動が、かっとまなこを見開いた。

瞳の奥に紅蓮が見える。怒り——違う。これは希望の灯だ。未来の光だ。

「おう！　おう！　おうおうおう！」

観客全員が注目するほどの猛々しい咆哮を轟かせ、不動がリングへ走りだした。

7

「……おかげさまで、最後はおおいに盛りあがりました」

体育館からほど近い無人駅のホームで、俺と仁王原は電車の到着を待っていた。

俺たちの隣には数十分前に乱入劇を繰りひろげた不動、さらにその横で見送りに来たノブナガが、何度も頭を下げている。

「最近、ヤンキーマスクはスランプ気味だったんです。海外へ武者修行に出たライバルが帰国する前に結果を出さなくては……そんな思いが空まわりして、どうにも精彩を欠いていましてね。そんなわけで〝今日も負けるんじゃないか〟と不安だったんですが」

そこで言葉を止め、ノブナガは不動へ視線を移した。

「不動選手を見て、あいつの目つきが変わりました。同志にもライバルにも成り得る、新しい好敵手と出会ったんです。良かったら、次のツアーから参戦いただけませんか」

「あ、ええと」

困惑の表情を浮かべて、不動が〈師匠〉を見つめる。仁王原はしばらく付き人の顔を凝視していたが、やがて——ノブナガに深々と一礼した。

「次回と言わず、今日から預かってやってください」

ノブナガが「……よろしいんですか」と目を見張る。

「そりゃ、ウチとしては大歓迎ですけど」

「不器用なやつですが、根性は誰よりもあります。どうか、よろしくお願いします」

腰を大きく曲げて、仁王原が再び頭を下げた。


ノブナガと不動がホームから見守るなか、電車のドアがゆっくりと閉まる。

駅が遠ざかるなり、隣の仁王原が俺の脇腹を思いきり殴りつけた。

「この野郎、なにが〝対戦してもかまいません〟だよ。乱入は儘ならねえわ、付き人も持っていかれるわで散々じゃねえか」

止まらぬ殴打を躱しながら「そんな怒らねェでくださいよ」と仁王原をいなす。

「不肖の弟子も無事に送りだして、これで先輩も心おきなく治療ができるでしょうが」

「……なんだと」

仁王原の手が止まった。

「先輩、あんたが〈破壊〉したかったのは俺の引退宣言なんかじゃねェ」

自分自身の不調でしょう。

こちらを睨みつける仁王原の顔から、彼の掌へと視線を移す。

途端、アンデッドの表情が変わった。

「リングの上でも、俺が訪ねた控え室でも、今日の会場でも、あんたは掌を何度も確認していた。おまけに今日、俺に突きつけたあんたの拳は、細かく震えていたんですよ。無意識にたしかめてしまうほど、手の感触に違和感をおぼえている。しっかり握れないほど、力が入らなくなっている……違いますか」

おのれの手を凝視していた仁王原が、諦めたように息を吐いた。

「……半年ほど前から、ふとした拍子に痺れるようになってな。最近は、腕や腰にまで痺れが広がってきちまった。何十年も騙し騙しやってきたが、そろそろ限界だよ」

その言葉で、かつて仁王原が受け身の巧者であったことを思いだす。

たとえ危険な技でなくとも、何百回何千回と投げられ、そのたび受け身を取り続けていれば、ダメージは蓄積する。仁王原はいま、何十年分のツケを払っているのだ。客は騙せても、おのれの身体は騙しきれなかったのだ。

「嫌われようが蔑まれようが誰の指図も受けない。辞めるも復帰するも、自分の意思で決める……それだけが俺の誇り、死にぞこないとしてのプライドだった。だが、それが叶わなくなるかもしれねえと思ったら……どうしていいか分からなくなっちまってよ」

「そんなおりに〈破壊屋〉の一件を知ったんですね。これを使って、最後にもうひと花咲かせてやろう……そう画策したんでしょう」

長々と息を吐いてから、仁王原が「だがよ」と、俺の言葉を受け継いだ。

「今日の試合を見て《ネオ・ジパング》にいたころを思いだしちまった。当時の俺は、トップになるために目立とうとしていた。未来を勝ちとるため渦中に飛びこみ、希望を手に入れるため騒動のただなかに乱入していた。それが……フリーとして試合をこなすうち、いつのまにか目的と手段が逆転しちまったんだな」

生命の糸が切れたかのように、がくりと仁王原が俯く。

「話題になることだけを追い求め、リングへ齧りつくことだけに執着して引退と復帰を繰りかえした。俺は絶対くたばらねえ……そう思いたくて、信じたくて、アンデッドを名乗ったのさ。馬鹿だよな……レスラーとしての俺は、とっくに死んでいたのによ」

電車がトンネルへと入る。

暗闇のなか、俺は屍に向かって語りかけた。

「その昔……遠い場所へ旅立った友人から、異国の花が送られてきましてね」

窓の外、暮れなずむ空のかなたを見つめながら語り続ける。

「その花を眺めるうち、気づいたんです。花ァ毎年枯れるけど、種を残して次の春には満開になる。それが〝生き抜く〟ってことだ。〝受け継ぐ〟ってことなんだ……とね」

見たこともない国の景色が、旧い友の顔が脳裏に浮かぶ。

思えば、あの男と仁王原は何処か似ている。

「だから俺ァ〈掃除屋〉の依頼状を造花にしたんですよ。世間が抱くプロレスラーへの偏見を皮肉りつつ、したたかに咲きほこる生花への想いを重ねたんです」

言い終えたと同時に電車がトンネルを抜け、目の前が一気に明るくなる。

いつのまにか、仁王原は顔をあげていた。

「先輩は今日、種を蒔いたんです。アンデッド仁王原は……生き抜いたんですよ」

「……あいにく俺は雑草だぜ。花はおろか実のひとつもつけねえ、路傍の草だよ」

「雑草から分かれた株が、やがて花を咲かせるかもしれない……そんな日を夢見たってバチは当たらねェでしょう」

「花の咲く日を夢見て……か。佳い科白だな、マイクアピールで使わせてもらうぞ」

照れ隠しなのか、仁王原がぶっきらぼうに告げる。俺は笑顔で頷いた。

「仁王原さん、佳い医者を知ってますんで紹介させてください。口は悪いが腕前だけは折り紙つきだ。あの人に診てもらえば、百歳まで試合ができますよ」

「勘弁してくれ、死にぞこないはリングネームだけで充分だよ」

豪快に笑ってから――仁王原が真顔に戻った。

「……仕方ねえ。お前との試合で小銭を儲けてから、教えるつもりだったんだがな」

「教えるって……なにをですか」

「言ったじゃねえか。〈破壊屋〉の正体だよ」

「……ありゃ、口から出まかせじゃなかったんですかい」

驚くこちらを置き去りに、仁王原がポケットからスマートフォンを取りだした。

「おいヒョウ、〈破壊屋〉の動画を再生しろ。知ってるだろ、俺は指が不自由なんだ」

言われるがままに画面を操作して動画サイトを立ちあげ、再生ボタンを押す。

まもなく、豹柄の覆面を被った男が画面いっぱいに映しだされた。男はレンズを自分に向けて、声を張りあげながら自己紹介をしている。

何度となく目にした——けれども二度と見たくない映像だ。

「仁王原先輩、このマスク野郎に心あたりがあるんですか」

「こんなバカは知らねえってんだよ。いいから黙って見とけ」

マスクマンが走り、カメラが揺れる。駆けだした先には、サラリーマンらしき男性がなにも知らず歩いていた。

〈破壊屋〉がその背中をホールドし、すばやく両脇に手を挿しこむ。

「よく見とけ。肝心なのは……こっちだ」

仁王原が、襲撃されかけている被害者を指でこつこつと叩いた。

〈破壊屋〉が後方へ身体を反らせる。画面が回転り、鈍い音が響いた直後、覆面野郎がレフェリーよろしくカウントを数えはじめた。

仁王原が「ここだッ」と短く叫ぶ。

ワン、ツー、スリーの声が終わる直前――画面がほんのすこし跳ねた。

「こいつは……」

「ああ、スリーカウントが決まる前に跳ねかえそうとしている。レスラーの習性だ」

「つまり……この被害者も〈本職〉ってことですか」

仁王原が画面を睨みながら、ゆっくりと頷いた。

「ヒョウ、こいつは組織的な犯行だぞ。いや、被害届も出てねえなら犯罪じゃねえか。仕掛け……そう、お前を陥れるための周到な仕掛けだよ」

にわかには信じられなかったものの、仁王原の説明には説得力があった。なるほど、被害者もグルなら被害届など提出されるはずがない。「被害者は殺されている」という不安が的中しなかったのは不幸中の幸いだが、しかし――。

「なんのために、こんな真似を」

「さあな。ただ……人気を集めたいだとかゼニを稼ぐだとか、そんな俗っぽい理由じゃねえ気がするぞ。お前に対する異様な執念、強い恨みを感じるぜ」

自分に恨みを持つ人間――心あたりが多すぎる。

なにせ俺は〈掃除屋〉だったのだ。相手を負傷させ、リングから排除していたのだ。

むろん、現役続行が不可能なほどの怪我を負わせたことはない。しかし、試合に恐怖をおぼえてシューズを脱いだ者がいたとしても、おかしくはない。怪我でトップ争いから脱落し、キャリアが大きく狂った人間もいたのではないか。

言いしれぬ感情に、爪が刺さるほど拳を握りしめる。

その様子を見つめていた仁王原が「ヒョウ、正直に言うぜ」と顔を近づけた。

「俺が〈破壊屋〉を名乗ったのは、てめえを挑発するためだけじゃねえ。プロレスをなめくさった、このマスク野郎をおびきよせるのがもうひとつの目的だ。俺の告白で計画が狂えば、こいつは焦ってかならず尻尾を出す。正体を晒す。それを狙ったんだ。もっとも、俺にできるのはここまで……ケリをつけるのは、てめえの役目だ」

ひといきに告げると、仁王原が「いいか、ヒョウ」と俺の名をもう一度呼んだ。

「油断するなよ。こいつは、恐ろしいほど賢いぞ」

真剣な口調に震えた俺を笑うように、がたん、と電車が左右に揺れる。

いつのまにか、窓の外はぞっとするほど昏くなっていた。

「まもなく当駅を快速電車が通過します。白線の内側へ……」

喧しいアナウンスが、夜のホームに響いている。

駅に降りても、俺はなかなか改札へ向かう気になれなかった。

恨み、憎しみ、復讐、執念。不吉な単語が、きれぎれに浮かんでは消えていく。

俺の生き方は正しかったのだろうか。無二の親友を救うためとはいえ、別な選択肢はなかったのだろうか。〈破壊屋〉を倒すと息巻いていたが、本当にそれが正解なのか。倒されるべきは俺自身ではないのか。ならば、誰に倒されて最期を迎えるべきなのか。

闇のなかで自問する——と、ポケットで携帯電話が震えた。おずおず取りだし画面を眺めれば、仁王原の百倍は恐ろしい〈凶悪女医〉の名前が表示されている。

ふと、海江田から電話をもらった日のことを思いだす。あのときも今夜と似たようなシチュエーションだった。厭な予感に身体じゅうがざわつく。

頼むぜ、朗報であってくれよ——祈るような思いで通話ボタンへ指を伸ばす。

「もしもし、本日の営業は終了しました」

冗談めかして答えるなり「それはこっちの科白だよ」と、罵声が耳を突き刺した。

「仕事が終わってのんびりする予定だったのに冗談じゃないよ。小汚い男の声を聞いて鼓膜を汚す趣味なんかないんだからね」

いつもと変わらぬ奈良の罵倒に安堵をおぼえる。この様子なら、さほど悪い報せではないのだろう。ほっと息を吐いた刹那——。

「さっき、海江田の意識が戻った」

思わず携帯を握りなおし、耳に強く押しあてる。

「参ったよ、当分安静と言ってるのに〝藤戸さんに伝えることがある〟と喧しくてね。だから、しぶしぶあたしが言伝てを頼まれてやったのさ」

「ことづて……ですか」

「まったく、レスラーも困った人種だけど、ライターってのも負けず劣らず面倒だね」

「それで、それで海江田ァいったいなにを言ったんですか！」

焦れったさに声を荒らげる。奈良が「落ちつきな」と鼻で笑った。

「伝言はたったひとことだけ、あんたのオツムでも憶えられるから安心しろ。海江田は〝これさえ伝えれば通じるはずだ〟と言っていたよ」

俺にだけ通じる伝言──〈破壊屋〉の正体以外にありえない。

息を呑んで次の言葉を待つ。けれども奈良はなかなか口を開こうとしない。いったいなにを躊躇しているのか。言いしれぬ不安が胸の奥でざわめく。

警笛が鳴り、電車が迫る。駅員が「快速電車が通過します、白線の内側へお下がりください」とアナウンスの声を張りあげている。

耐えきれずに叫ぼうとした、その直後──奈良が言った。

「鷹沢」

電車が勢いよくホームを通過し、轟音で声を掻き消した。

第四話

悪党（ヒール）

1

四角い空間に立ち尽くし——俺はひそかに戸惑っていた。

何百回、何千回と数えきれぬほど踏みしめたリングが、今日はどこかおかしかった。

マットが広い。ロープが遠い。見知ったそれよりも、あきらかに大きく感じる。

最近は観客席から眺めるばかりで、ロープを潜(くぐ)ってリング内へ入ったのは二年ぶりになる。もしかして、そのあいだに規格が変更されたのだろうか。

すぐに「そんなはずがない」と苦笑する。変わったのは自分だ。身体(からだ)が衰え、感覚が鈍っているのだ。その証拠に、履きなれたシューズが鉛の板でも入っているかのように重い。胸の前で構えていた両手は知らぬまに腰まで下がり、息もすっかり乱れている。

焦るな藤戸。まずは、落ちつけ。

おのれに言い聞かせて呼吸を整えた直後——巨体が勢いよく迫ってきた。

がっぷりと組みつかれ、慌てて足を踏んばる。

そうだ、俺はいま闘っていたのだ。

闘う。誰と。なんのために。

やれやれ、激闘のさなかだというのに集中力が続かず、余計なことを考えてしまう。耄碌しているのは肉体より、むしろ脳味噌のほうかもしれない。

皮肉なもので、自問するあいだも身体は自然に動いていた。腰を低く落とした相手を抑えこもうと、背中に覆いかぶさって体重を乗せる。

と、それを待っていたかのごとく、相手の太い腕が股のあいだに滑りこんだ。反対の腕は、いつのまにか俺の腰をホールドしている。

しまった、投げ技か。

とっさに重心を落としたものの、わずかに判断が遅かった。ふわりと身体が浮いて、天地がさかさまになる。顎を引いて受け身の体勢を取った数秒後、風圧に続いて衝撃が全身を襲った。肺の空気が一気に漏れ、電流を思わせる痺れが指先まで走っていく。

痛みを堪えてすばやく立ちあがり、対戦相手をまっすぐ睨めつける。

いくすじもの汗が瞼を伝う。視界が揺らぐ。景色が滲む。

お前は何者だ。どうして俺と闘っているんだ。

手の甲で乱暴に汗をぬぐい、なおも輪郭の歪んでいる相手に目を凝らす。

「お前ェは……」

ぼやけたリングに、覆面姿の男が立っている。

その指が顔にかかり、豹柄のマスクが裏返っていく。

やめろ。思わず声が漏れた。お前の正体なんて見たくない。真実など知りたくない。

けれども男は懇願など意にも介さず、ゆっくりと覆面を捲りあげていく。

見慣れた貌が覗く。親友が嗤っている。

嗚呼、やはりお前だったのか。なぜだ。なぜ、そんな真似を。

無意識のうちに呟き、ふらふらと前に進んだ。すかさず腕が伸びてくる。レスラーの細胞が反応してしまう。こちらを摑もうとする掌を捌いて、すばやく右手首を摑む。なぜだ、なぜだ。手首を捻りながら体勢をすばやく入れ替え、脇にまわるや右腕を脇で挟みこんで体重をかけた。うつ伏せに倒れこんだ相手へ寄りかかって動きを封じ、さらに腕を絞りあげる。なぜだ、なぜだ、なぜだなぜだなぜだ。

「なぜだ、鷹沢ッ！」

叫びながら、俺は一気に腕を捻じった——。


「藤戸さん、藤戸さんッ！」

背中を掌で何度も叩かれ——幻影が消える。

連打がギブアップを告げるタップだと気づき、俺は慌てて関節技を解いた。

呆然とあたりを確かめる。プレハブの室内。古びた蛍光灯。壁際にはベンチプレスの器具がならび、その横にはバーベルが転がされている。天井からは、昇降用の太い綱が垂れ下がっていた。

そうだ、ここは《大和プロレス》の道場だ。

俺は一時間ほど前にこの場所を訪ね「スパーリングをさせてくれ」とリングを借り、目の前の男——若手選手の那賀晴臣を文字どおり捩じふせたのだ。

「さすがッスね、一瞬で極められましたよ」

那賀が苦痛に呻きながら、無理やり笑みを見せた。

「あまりの気迫にこのまま肩を壊されるかと思いました。〝スパーリングだし、まずは様子見だ〟なんて甘く考えていた自分が恥ずかしいです」

手を伸ばして対戦相手を引き起こしながら「それァこっちの科白だよ」と答える。

「お前ェさんを見くびってたぜ。新人だという認識を改めなくちゃな」

お世辞ぬき、偽りのない本音だった。

俺は二年ほど前、ならず者レスラーを排除する裏稼業〈掃除屋〉として、この那賀を欠場に追いこんでいる。当時は格闘技かぶれの小僧だったが、今日の動きはベテランも顔負けの巧みさが光っていた。この実力ならば遠からずチャンピオンベルトを奪取し、花形レスラーの仲間入りをするのは間違いないだろう。

「ここまで成長してくれると、あのときブッ壊した甲斐があったぜ」

冗談まじりに肩を叩く。とたん、那賀が痛みに顔をしかめた。

「おい、大丈夫か」

「ええ、すこし腱を痛めただけです。でも……スパーの続きはキビしいッスね」

微笑みながらも肩に手をあて、具合を確認するように何度もまわしている。

「試合に影響が出るとマズいんで、念のためアイシングしてきます」

そう言いながらリングを降りると、那賀はこちらへ深々と一礼してから、道場に隣接する寮へ小走りで去っていった。

その背中が消えると同時に、全身から力が抜けてリングにへたりこむ。疲労と安堵に長い息を漏らした直後、道場にリズム感のない拍手が響いた。

「さすがピューマ藤戸。五十歳を超えてなお全盛期とは、ホンマたいしたもんやで」

コッペパンそっくりな掌を不器用に鳴らしているのは、《大和プロレス》社長の石倉平蔵である。いつのまにか道場の隅でスパーリングを見守っていたらしい。古巣からの腐れ縁だが、こいつの喜ぶ顔を見ると腹が立って仕方がない。

「なにが全盛期だ。まるでなっちゃいねェよ」

震える手を伸ばして石倉からタオルを受け取り、汗を乱暴に拭く。

「脇固めだって身体が勝手に反応しただけだ。加減もできねェ自分が厭ンなるぜ」

正直に告白したものの、満月社長は謙遜と受けとったらしい。「反射神経だけで電光石火のサブミッションか、すごいなあ」と、丸い顔を上気させている。

「これなら明日にでも引退興行を打てるで。むしろ一戦で終わるのがもったいないわ、いっそのこと引退ツアーでも組んだろか。連日、大入り間違いなしやぞ」

「タヌキのくせに皮算用してんじゃねェぞ、この気球ヘッドめ。第一、お前ェんとこで引退試合をすると決めたわけじゃねェんだぞ」

タオルを投げつけ、石倉を牽制する。老獪なタヌキ親父のことだ、釘を刺しておかなければ今日のスパーリングを根拠に「あいつはウチの大会で引退や」と吹聴しかねない。

ピューマ藤戸は残り一試合で引退する――。

うっかり口にした宣言を聞きつけて、いまや各団体が手ぐすねを引き、あらゆる選手が俺の動向を窺っていた。注目されるのはレスラー冥利に尽きるが、残念ながら今日のスパーリングはラストマッチ用ではない。

こちらのつれない態度に、石倉が「おい、殺生なこと言うなや」と唇を尖らせた。

「ほんなら、なんでスパーなんかしとんねん」

当然の疑問。けれども俺は答えられず、言葉に詰まって押し黙る。

がむしゃらに闘って、厄介事を忘れたかった――などと言えるはずもない。

「まあ、さすがにぶっつけ本番ってワケにゃいかねェだろ。まずは肩慣らしを……」

「鷹沢がどうしたんや」

「なに」

「さっき、あいつの名前を叫んどったやろ。なんぞあったんか」

地獄耳め、内心で舌打ちをする。

「別に……なにもねェよ」

嘘だった。なにもあってほしくはない。それが本心だ。

あいつが〈破壊屋〉だと、どうしても信じたくないのだ。


俺の裏稼業をマスコミが曲解して名づけた、なんとも物騒なネーミング〈破壊屋〉。

その名称を標榜し、俺の後継者を自称するマスクマンが出現したのは三ヶ月ほど前のことになる。謎の覆面男は素人を路上で急襲し、俺の必殺技であるクーガー・スープレックスを食らわせたうえ、その様子を動画サイトにアップロードしていた。

名前と必殺技を勝手に使われたこちらとしては、完全なとばっちりである。とはいえこれ以上動画の拡散が続けば火の粉が降りかかってくるのは免れない。

ここは無実を証明するため、一刻も早く〈破壊屋〉の素性を突き止めなくては。そう考えた俺は、ジャーナリストの海江田修三に調査を依頼した。

ところが海江田は真相に辿りついたものの〈破壊屋〉の闇討ちに遭い、それ以上の調査がままならなくなってしまった。やむなく彼は人を介して、俺に犯人のヒントとおぼしきメッセージをひとことだけ伝えてきた——のだが。

鷹沢。海江田のメッセージは、そのひとことのみだった。伝言を額面どおりに受けとるなら〈破壊屋〉の正体は俺の旧友、ライバル選手だった鷹沢雪夫と考えるのが妥当だ。

けれども、俺はその言葉を信じることができなかった。

理由は、鷹沢の現状である。彼は十数年前、試合中の事故で昏睡（こんすい）状態に陥った。奇跡的に目覚めたものの、いまも腰から下は動かない。つまりプロレス技をかけることはおろか、自力でベッドから起きることさえ難しいのだ。〈破壊屋〉が複数名での組織立った犯行だとしても、彼がその片棒を担げるなどとは思えなかった。

もうひとつの理由は、鷹沢の性格だ。

これまで出会ったレスラーのなかでも、あいつほど実直な人間を俺は知らない。若手時代はプロレスへの情熱を照れもせずに語り、半身不随になって以降も弱音を吐くことなくリハビリに励んでいた。その姿に心を打たれ、いまでは毎日のように全国から励ましの手紙が届いている。そのような人間が、あれほどの蛮行をおこなうとは、とうてい信じられなかった。信じたくなかった。

だが、嗅覚の鋭さゆえ〈カイエナ〉の異名を持つ男が、無意味なメッセージをよこすわけがない。だとしたら、やはり〈破壊屋〉の正体は鷹沢なのか。あの寝たきりの姿は演技なのだろうか。否、それはさすがに有りえない。そもそも動画に映っていた男とは体格が違いすぎる。だとすれば、あの人物は何者なのか。目的はなんなのか。

考えれば考えるほど謎が増すばかりで、答えはひとつも見つからない。

本人に訊(き)くのが最善だとは分かっている。けれども俺はあの日以来、鷹沢の病室を訪ねることができずにいた。

会えば、訊(たず)ねなくてはいけない。聞けば、真実と対峙(たいじ)しなくてはいけない。

その一歩を踏みだせぬまま、時間だけが過ぎている。

幸いにも〈破壊屋〉の一件はまだ広く知られてはいない。意識を取りもどした海江田は救急隊に「うっかり転んだだけだ」と説明し、被害届も出していないとの話だった。特ダネにしてやろうという記者魂なのか、それとも別に思惑があるのか。気になるものの、海江田の携帯電話はいまも繋(つな)がらず、真意を確かめることはかなわなかった。おおかた担当医の極悪ドクター・奈良宏美が強制的に携帯を奪い、電源を切っているのだろう。

しかし、いつまで隠しおおせるかは分からない。動画の再生数はじわじわ伸びている。マスコミが嗅ぎつけるのは時間の問題だろう。

その前に、なんとしても真実を突きとめなくてはいけない。

鷹沢と邂逅を果たさなくてはいけない。しかし、しかし――。


「……なあ、藤戸」

ロープに寄りかかったまま考えこむ俺に、石倉が声をかける。

「お前が〝あと一試合で身を退く〟と言ったとき、ワシはほんまに嬉しかったんやで」

「そら嬉しかろうよ。俺が引退すりゃ、もう法外なギャラを要求されずに済むからな」

「茶化すな、アホ。真面目に話をしとんねん」

そう言うと、石倉は真剣な表情で俺を見据えた。

「鷹沢の一件以来、お前はいろんなモンを背負ったまま闘ってきた。もちろんワシかて共犯や。お前に何度も〈掃除〉を頼んどるからな。おまけに、二年前は大舞台で生死の境をさまよう目に遭わせてしもた。だからこそ、きっちり選手人生にケジメをつけて、自分の足でリングを降りてくれることが、心の底から嬉しいんや」

ケジメ――か。

本当にケジメをつけるつもりなら、俺にはもうひとつ遣るべきことがある。

そうだよな、やはり逃げるわけにはいかねェよな。

意を決し、石倉を正面から見つめる。

「石倉……実は、〈破壊屋〉の正体は……」

「てめえ、なにしてんだコラ!」

告白は、いきなりの怒声で吹き飛んでしまった。

那賀の声だが、新弟子でも叱りつけたのだろうか。石倉と顔を見あわせた矢先、扉が乱暴な音を立てて開き、那賀が鬼の形相で道場に入ってきた。

何者かの頭部を、ヘッドロックの要領で脇に抱えている。

「この野郎が寮のなかをウロついてました。ファンの類だとは思うんですが……社長、どうしましょう。不法侵入で警察に通報するか、それとも……」

そこで言葉を止め、那賀が頭蓋を割らんばかりに力をこめる。不審者が悲痛な叫びをあげながら、ちらりと俺に視線を向けた。

「ふ、藤戸氏、助けてください! 殺される!」

「お前ェは……」

捕獲されているのは、茂森サトルだった。

俺に無茶な要求を突きつけた元アイドル・流星ミコトの熱烈なファン。当のこいつもご執心のアイドル同様、自死と引き換えに俺へ難癖をつけてきた面倒な青年だ。

「え、藤戸さんのご友人ですか」

驚いて那賀が腕を解くなり、サトルが半泣きでよたよたと駆け寄ってきた。

「サトル……こんなところで、なにしてやがんだ」

「それはこっちの科白ですよ、あちこち探したんですからッ」

目に涙を浮かべながら、サトルが絶叫する。

「ミコっちが、ミコっちが大変なことになってるんです！」

2

「本日のセミファイナル、タッグマッチ三十分一本勝負をおこないまぁす！」

リングアナのコールに続いて、女性ボーカルのポップスが大音量で流れはじめた。

紫や赤のライトが会場を交差するなか、慣れた様子で手拍子を叩く観客を見ながら、俺は「まるで人気歌手のコンサートだな」と溜め息を漏らした。

「そのうち紙吹雪でも降ってくるんじゃねえのか」

これが女子プロレスというやつか——自分が知っているプロレス会場とはあまりにもかけ離れた雰囲気、過剰な明るさと華やかさに気圧されてしまう。

と、そんな俺をちらりと横目で見て、隣席のサトルが手拍子を止めた。

「ちょっと藤戸氏、人生初の女子プロ観戦だからってそんなキョドらないでください。あ、若者言葉に疎い藤戸氏のために解説しておきますと、〝キョドる〟というのは挙動不審を意味する……」

「うるせェな、知ってるよ。こないだのお前ェみてェな野郎のことだろ」

「いやいやいや、先日の道場での一件は完全なる誤解、冤罪です。何度も呼びかけたのに返事がなかったんで、僕はちゃんと〝入りますよ〟と断ってから寮のなかに……」

と、無意味な弁明を掻き消すように音楽のボリュームが大きくなり、入場ゲートから流星ミコトが姿をあらわした。サトルがその場に立ちあがってミコトの名を叫ぶ。

アイドル時代を彷彿とさせるフリルつきの白いコスチュームをなびかせて、ミコトはにこやかに最前列をまわりながら手拍子を促している。さすが元アイドル、観客を煽る所作はなかなか堂に入っていた。

「……それにしても、本気でレスラーになるたァ思わなかったぜ」

コーナーポストで見得を切るミコトを眺め、感嘆の息を漏らす。

すかさずサトルが「いやいやいや、藤戸氏は情報が遅すぎますって」と鼻で笑った。

石倉の風船顔も癇に障るが、こいつの自慢げなツラも負けず劣らず頭にくる。

「SNSでも〝流星ミコト電撃入団！〟と話題になってたじゃないですか」

「なんだよSMLってなァ。服のサイズか」

「違いますってば。SNS、ソーシャル・ネットワーキング・サービス。一般常識でしょ」

「レスラーってなァ非常識なんだよ。新しい横文字なんざ、ガイジン選手の名前だけで腹いっぱいだ」

「すると藤戸氏、ＳＮＳとかチェックしないタイプですか」

「しねェタイプに決まってんだろ。そもそも俺ァ、女子プロレスと接点がねェんだよ。選手はおろか団体の名前も知らねェんだ」

基本的に、男子プロレスと女子プロレスとのあいだに交流はない。競技こそ一緒だが、闘う機会もなければ客層も違うのだから当然といえば当然だ。いまどきの若い選手や新しい団体ならば接点があるのかもしれないが、俺の世代は連日の巡業に追われて、男子の団体ですら余所に目を向ける余裕など皆無だった。

だから、女子プロレスについては二、三度テレビで観た程度の知識しかない。体重が軽くて身体がしなやかなぶん、男子より試合展開がスピーディーで、飛び技や投げ技も派手なものが多い。反面、男子より試合はこびが大味で、ひと技ごとに奇声をあげて殴りかかっていく印象が強い――精々がそんなところだろうか。

俺がそう告げるやサトルが「なるほどです」と何度も頷き、小鼻を膨らませた。

「じゃあ、女子に関しては僕のほうが藤戸氏よりも先輩ってことですね」

返事をする気にもならない。やはり、あのとき那賀に絞め殺してもらうべきだったと後悔する。そんなこちらの内心など知る由もなく、サトルは早口で解説をはじめた。

「ミコっちが入門した《フローラ》は、業界第二位の勢力をほこるプロレス団体です。所属選手は二十名あまりと業界トップの《HIMIKO》よりは若干すくないものの、華麗な演出と過激なファイトのギャップが好評を博し、ここ一年ほどでファンを急激に増やしているんです。昨年はアパレルブランドとコラボしたグッズを発売したり、男子プロレス《XXW》と合同興行を開催するなど、その勢いはますます……」

「ご高説は充分だよ。要するに、ミコトはそこへ入門したんだな」

「ええ、残念ながらデビュー戦は黒星を喫したものの、負けん気の強いファイトはマスコミにも絶賛され、正規軍ユニット〈ホワイトローズ〉への所属も決定。脅威の大型新人としてトップ選手への道を駆けあがると期待されていたわけです。ところが……」

ふいにマシンガントークを止め、サトルが表情を曇らせる。

その視線はミコトたちの対角線、青コーナーに立つ五人組に注がれていた。

サトルによれば今夜の対戦相手は、反則上等が信条の〈羅腐烈死悪(ラフレシア)〉というユニットらしい。試合に臨むふたりはもちろん、セコンドの三人も黒と赤を基調としたコスチュームを着用し、顔面には毒々しい色のメイクを塗りたくっている。各々の手には竹刀や一斗缶(いっとかん)、パイプ椅子にチェーンなどの凶器が握られていた。

レフェリーがボディチェックをはじめる。すかさず真紅の長髪をたくわえた選手が、レフェリーの足元に竹刀を叩きつけて威嚇した。髪と同色の赤いレザージャケットには無数の鋲が打たれている。いざとなれば、あのジャケットも立派な武器になりそうだ。

サトルが椅子から腰を浮かせて「あいつ、あいつですよ」と歯軋りをした。

「あの赤ジャンパーが〈羅腐烈死悪〉のボス、毒蔵ユミです。通称〈ポイズン・クイーン〉。あの女がミコっちを、ミコっちを……」

名解説の半ばで〈羅腐烈死悪〉が一斉に襲いかかった。ミコトのパートナーである中堅選手に全員で蹴りを見舞い、背中に竹刀を打ちこみ、チェーンで首を絞めている。

「卑怯だぞ、てめえら！」

ミコトが果敢に抗議するものの〈羅腐烈死悪〉は巧みな連携で助ける隙を与えない。集中砲火を浴びた中堅選手は、あっというまに場外へ蹴りだされてしまった。

かくしてリングには〈期待の大型新人〉だけが取り残された。

なるほど。あの極悪姉ちゃんたちが、サトルのいう「大変なこと」らしい。

納得する俺の隣で、サトルが「ああ……今日もおなじ展開だ」と頭を抱えた。

「あの連中、毎回ミコっちだけを執拗に狙ってるんです」

孤軍奮闘を余儀なくされ、ミコトが絶叫しながら毒蔵ユミに摑みかかった。

ロックアップからの力比べでマットに倒され、インサイドワークで関節の奪いあいに転じる。足を極められては体勢を入れ替え、首を抑えられてはブリッジで脱出する。

ユミが技を解き、ふたりが離れると同時に拍手が起こった。

正調の攻防に、俺は目を見張った。技こそまだ不器用なミコトだが、随所に猛練習の成果が窺える。いっぽうのユミもなかなかの巧者、単なるラフファイターではない。

しばらく見ないうちに、女子プロレスのレベルはこれほどあがっていたのか。これは認識を改める必要がありそうだ。

もっとも〈羅腐烈死悪〉が正攻法で闘うのは、そこまでのようだった。

ユミに振り投げられ、反撃しようとミコトがロープに身を預けた瞬間、いつのまにかエプロンにのぼっていたセコンドが背中めがけ、思いきりパイプ椅子を振りおろした。

ミコトがその場に膝をついて悶絶し、会場から悲鳴があがる。

「こら、なにやってんだ！」

乱入者を注意しようとレフェリーがエプロンに近づく。その隙をついてもうひとりのセコンドがリングへ乱入し、一斗缶を脳天にお見舞いした。

耳ざわりな金属音が響くなか、ミコトが前のめりに倒れこむ。

すかさずユミが背中にまたがると、足を掴んで背骨を折らんばかりにミコトの身体を反らせ、逆エビ固めに捕らえた。苦痛に歯を食いしばり、ミコトがロープへ腕を伸ばす。その手を、先ほどのセコンドが竹刀で勢いよく打ち据えた。

「やめろと言ってるだろ！」

再び駆けよるレフェリーの目を盗み、今度は仲間がチェーンをリングに投げこむ。

それを引ったくって慣れた様子で手に巻きつけると、ユミは即席のメリケンサックでミコトの額といわず鼻といわず頬といわず、顔じゅうを何度も殴りつけた。

トレードマークの緑髪が、たちまち黒ずんだ血で濡れていく。サトルが狼狽えながら「毎回この調子なんです。まともな試合にならないんですよ」と地団駄を踏んだ。

「藤戸氏、なんであいつらはあんな非道い真似をするんですか」

「そりゃお前ェ、あの姉ちゃんたちはヒールだからだよ」

「ヒールって、つまり悪役のことですよね。つまり、あの人たちは役割として悪い人を演じているんでしょ。だったら本当に傷つけず、悪い演技だけすれば……」

「サトル、それは間違いだ」

言葉を遮り、険しい視線を向ける。

「レスラーは会社から命じられてヒールを演じるだけ。悪役は単なるお芝居だ……そう考える自称〈事情通〉は巷にも多い。おおかた、お前ェさんもSMLとやらで与太話を目にして、知ったような気になってんだろ。違うかい」

圧の強い質問に怯んだのか、サトルが小声で「……SNSです」と修正した。

「横文字なんざどうでもいい。あのな、確かにレスラーがキャラクターを変えることたァ珍しくねェ。クリーンを是とする善玉が、ラフファイトも辞さねェ悪党に路線変更するなんざ、プロレスの様式美みてェなもんだ。でもな」

団体も選手も馬鹿じゃねェんだよ。

俺の言葉に、自称〈女子プロ通〉が首を傾げた。

「……ちょっと意味が分かりません」

「単なる役としてヒールを〈演じる〉選手なんざいねェんだよ。同期からアタマひとつ抜けだしたい、大暴れして自分の殻を破りたい、おなじコーナーに立つライバルと遠慮なくぶつかりたい……そういうれっきとした動機がなきゃ、ヒールにはなれねェんだ。だから団体は、そんな衝動と野心を抱いている選手に〈悪の仮面〉を託すのさ」

プロレスラーは対戦相手を倒すと同時に、観衆を沸かせるのが責務だ。

しかし、観客は歓声をあげることだけを望んでいるわけではない。怒り、悲しみ、驚き、あらゆる心理を揺さぶり、魂を奮わせるからこそ、人々はリングを注視し、勝敗に熱狂する。

ゆえに、単なる三文芝居ではヒールなど務まらない。心に溜まった鬱憤を技にこめ、負の感情で肉体や表情に陰影を刻まなければ、観客は真剣に畏れ、憎んではくれない。

すなわち一流のヒールは、一流のレスラーなのだ。

「……てなわけで、悪党はヒーローショーの悪者とは違うんだよ。分かったかい」

説明が終わるのを待っていたかのごとく、ゴングがけたたましく鳴らされた。

ミコトはマットの中央に血まみれで横たわっている。どうやら反撃の機会を得られぬまま一方的にいたぶられたすえ、あっけなくスリーカウントを奪われたらしい。

だが、勝利をおさめても怒りがおさまらないのか〈羅腐烈死悪〉はミコトへの攻撃を止めなかった。正規軍の制止をふりほどき、なおも凶器でリンチを続けている。

「なかなかどうして、過激な洗礼だな」

「でしょ、でしょ。あんなの許しがたいですよ。だから、だから」

サトルが興奮しながら、乱暴にリュックをまさぐりはじめた。

おい、嘘だろ。厭な予感に顔を逸らす。

あんのじょう、眼前に突きつけられたのは造花だった。それも一本や二本ではない、数十本を束にした〈フェイクのブーケ〉だ。

イミテーション・フラワー。つまりは、プロレスラーを指す〈掃除屋〉への依頼状。

「藤戸氏、これで悪者退治をお願いします。早くリングに乱入して、あの非道な軍団を全員ノックアウトしてください」

うんざりしながら、花束を掌で押しかえす。

「あのな、そいつァ便利な魔法の道具じゃねェんだ。余所の団体へ勝手に殴りこんで、興行を台無しにできるわけねェだろうが」

「じゃあ藤戸氏は、あの蛮行を見過ごすつもりですか」

「なあ、サトル。仮に俺があいつらをブチのめして、それで……ミコトはどうなる」

「え」

「自身の手で摑んだ勝利じゃなくても、あいつは喜ぶのかい。〝誰かの助けがなけりゃ勝てねェ〟ってレッテルを貼るつもりか。それを本当にミコトは望んでいるのか」

なんとかこの場をやり過ごそうと口にした出まかせだったが、思いのほかサトルには効いたらしい。造花をこちらに向けたまま、悔しそうに唇を嚙んでいる。

その姿がひどく哀れに思えて、俺はそれとなく話題を変えた。

「それにしてもよ、なんでまたミコトはあんなに狙われてやがンだ」

と、こちらの問いを聞きつけたようなタイミングで、毒蔵ユミがマイクを握った。

「……おい、元三流アイドル。あんたさ、ステージに居場所がないもんだから、ウチのリングに逃げてきたんだろ？　ここなら自分でも人気になると思ったんだろ？」

言いながら、ユミは靴の先でミコトの頭を何度も蹴りつけていく。えげつない攻撃に会場が静まっている。やがて、大の字の新人を見下ろしながら〈毒の女王〉が吠えた。

「ふざけんな！　そんな人間にプロレスを利用されちゃ迷惑なんだよ！」

へえ──俺は思わずほくそ笑んだ。

乱暴な口調でヒールとしての体裁を保っているが、いまの発言はまぎれもない彼女の本音だろう。プロレスに誇りを持っているからこそ、不純な動機が許せないわけか。

サトルが「藤戸氏、いまの聞いたでしょ」と俺の肩を揺する。

「あいつはミコっちに嫉妬してるんです。だからあんな非道いことをするんですよ」

「いいじゃねェか、あの発言は単なるジェラシーじゃねェと思うが、嫉妬も立派な闘う理由だぜ。嫉妬、羨望、憎悪……どす黒い不満を糧にするのはレスラーの常套手段だ。さっき言っただろ、自身の醜い部分を曝けだして闘うのが一流のヒールなんだよ」

「でも、このままじゃミコっちが壊されちゃいますよ。アイドルも挫折して、ようやく入門したプロレスでも心が折れたら……」

「そんときゃ仕方ねェさ。あの嬢ちゃんは、そこまでのタマだったって話だ」

「そんな……冷たいじゃないですか藤戸氏。僕はミコっちに、観客へ愛や勇気を与えるプロレスラーになってほしいんですよ」

「そりゃお前ェの勝手な願いだろ。レスラーは愛や勇気のために闘うわけじゃねェ」

「じゃあ教えてくださいよ、プロレスラーはなんのために試合をしてるんですか」

小難しい質問をしやがって。そんなの——俺が聞きたいくらいだ。

銭金は重要だが、それだけではない。儲けるのが目的なら、割りの良い仕事はほかにいくらでもある。自分のため、名声や虚栄心というのも、なんだか違う気がした。そんなものはリング外でも充分に満たすことができる。

ならば俺たちは、なぜ闘うのか。なにと闘い、なにに勝とうとしているのか。

ここ数ヶ月、おぼろげに浮かんでは、いつのまにか消えてしまう答え。

その都度分かったような気になるのに、いつまでも腑に落ちない答え。教えてくれ。誰か教えてくれ。どうしてプロレスラーは闘い続けるんだ。

物思いにふける俺に焦れ、とうとうサトルが涙声で喚きはじめた。

「なにムスッとしてるんですか。ミコっちをプロレスに引き入れたのは藤戸氏でしょ。だったら最後まで責任持ってくださいよ、なんとかしてくださいよッ」

駄々っ子じみた姿に呆れはてて席を立つ。悪いがこれ以上はつきあっていられない。出口に向かって歩きだした刹那――声が聞こえた。

「また壊すんですか、鷹沢さんみたいに」

「なんだと」

思わず振りかえる。

けれどもサトルはいなかった。よろめきながら引きあげるミコトを近くで見ようと、花道をめざし駆けだしている。すでにその背中は遠く、声の届く距離ではない。

じゃあ、いまの声は。

混乱する俺を嘲笑うように、メインイベントの入場曲が場内に響きはじめた。

3

「おかけになった電話は、電波の届かない場所におられるか……」

通話停止ボタンを押して、スマホをポケットにしまう。

あいかわらず何度かけても、海江田の携帯電話は繋がらなかった。なにもかも不明のままか。やれやれ、今夜は振りまわされっぱなしだ。

夜風に顔をあげると、闇のかなたに街の灯り(あか)が瞬いていた。通話できる静かな場所を探すうち、ずいぶん繁華街から離れてしまったらしい。

サトルを置き去りにしてしまったことを、いまさらながらに悔やむ。萎れる(しお)彼の肩を抱いて、酒場にでも誘ってやればよかったのだ。あいつの愚痴を聞き、こちらも不満をこぼす。なにひとつ解決はしないけれど、一時でもすべてを忘れられたはずだ。

仕方がない。今夜は独りで、忘れるために呑む(の)とするか。

踵(きびす)をかえし、ネオンめざして歩きはじめた——その直後。

「ピューマ藤戸さんですよね」

声に振りむくと、ふたりの男が背後に立っていた。

気配にまるで気づかなかったことに驚きつつ、反射的に距離をとる。

手前に立っているのは青い目の青年だった。ブロンドの髪が夜風になびいている。欧米系の外国人だろうか。にこやかに微笑んでいるものの、目は笑っていない。

その男の奥へ隠れるようにもうひとり、細身の若者が棒立ちでこちらを睨ん(にら)でいた。

丸刈りに近い髪と褐色の肌、日本人か外国人か判断がつかない。上目遣いでこちらを値踏みするまなざしには、刃物を思わせる敵意がぎらついている。

「突然お声がけして、申しわけありません」

驚くほど流暢な日本語で、外国人が俺に歩みよった。

「私はアメリカから来ました、レックス・バートンと言います。後ろの彼はリュウト、日系ブラジル人です」

「ふうん……観光客かい。ようこそ日本へ。ウェルカム・トゥ・ジャパン」

間抜けな日本人を装いながら、ふたりの身体に目を凝らす。

レックスと名乗る男は、まさしく「筋肉が服を着た」ような体躯をしていた。爆ぜんばかりに発達した上腕と大胸筋がTシャツを真横に引き伸ばしている。かたや、後ろに控えるリュウトは一見すると痩身ながら、引き締まったボディラインの持ち主だった。レックスが天然の巨岩だとすれば、こちらは鋳造された高密度の鋼だろうか。

確信する。こいつらが〈破壊屋〉だ。動画のふたりだ。体格から察するにレックスが覆面男、リュウトが一般人役と見て間違いないだろう。

だとしたら——油断はできない。

とっさに軽く拳を握り、わずかに腰を落とす。

「……悪ィが、このあたりの地理には疎くてね。道案内なら余所で聞いてくれ」

正体に気づいたことを悟られぬよう、とぼけた口ぶりで言う。

俺を一瞥し、レックスが声をあげて笑った。

「憶えていないのも無理はありません、私は毎回リングネームを変えていますから」

みずから素性を明かすとは――驚くこちらをよそに、レックスがおもむろにズボンのポケットへ手を差し入れた。

「実はいままで四回、藤戸さんは僕の試合を観ているんですよ。《大和プロレス》では本名でしたが《BBB》ではジョージ・マッスルと名乗っていました、そして……」

抜きだしたその手には、髑髏を模した覆面が握られている。《やまびこプロレス》で目にした選手が被っていたものと、そっくりおなじデザインの覆面だった。

「……こないだのメガデスなんとかって野郎も、お前ェさんか」

「ええ、あの日はヤンキーマスクに圧勝してから、あなたに宣戦布告する予定でした。ところが、うっかりスリーカウントを取られてしまい……あまりの悔しさに、思わずお客さんにまで八つ当たりしてしまいましたよ。いま思いだしても腹が立ちます」

レックスが唇を歪めた。獰猛な犬を思わせる表情、《やまびこプロレス》で暴走していた姿を思いだす。やはり、好青年の顔はかりそめに過ぎないようだ。

気を抜くなよ藤戸。隙を見せたが最後、こいつは全力で噛みついてくるぞ。

「それにしても、ずいぶん日本語が堪能だな。どこで勉強したんだい」

話題を逸らしながら後退し、さりげなく間合いをはかる。退路を塞ごうとリュウトが一歩前に進む。その動きを手で制して、レックスが再び喋りはじめた。

「来日は半年前ですが、それ以前から日本語は学習していました。教材は、祖父と父が参戦していた日本のプロレス団体のビデオです。何度鑑賞したか数えきれませんよ」

祖父と父――予想外の科白に固まる。

レックスが大きく息を吸い「ライノス・バートン。憶えていますか」と言った。

「私の祖父ですよ。地下闘技場で、あなたに粛清されました」

「なんだと」

たしかに俺は《ネオ・ジパング》を退団後の一時期、アンダーグラウンドなリングで闘っている。マスクを被って偽名を名乗り、対戦相手をひとり残らず血祭りにあげた。あのころの俺は、好事家が大金を賭ける〈闘犬〉に過ぎなかった。だから、噛みついた犬の名前も顔もまったく憶えていない。あそこはそういう場所だった。

「……お前ェさんには悪ィが、ちいとも思いだせねェな」

詫びる俺をひと睨みして、レックスが再び喋りはじめた。

「父の名はマンモス・バートン。《大和プロレス》で二年前、あなたに〈掃除〉されました。ギャラを吊りあげるために社長を殴ったのが理由だと聞いています」

「ああ……あいつか」

そちらは、うっすら記憶がある。巨体を誇る外国人の指の関節をはずし、人差し指の爪を剝いだ。地方大会だったはずだ。石倉がアザだらけの顔で溜飲を下げたのを憶えている。

「つまり……お前ェさんは家族の仇討ちにやってきたってワケかい」

「いえいえ、むしろ私は祖父や父のラフファイトには否定的でしてね。自分は祖父より巧い、父より強い。それを証明しようと日本にきて……〈あの方〉に会ったんです」

レックスはそこで言葉を止めた。〈あの方〉の正体を当ててみろ、核心に飛びこんでこいと告げている。〈あの方〉の名前を言わせようと目論んでいる。

その手には乗るものか。俺の口から〈あの方〉の名前を言わせようと目論んでいる。俺はわざとらしい笑顔で丸刈りの男に視線を移した。

「良かったら、そっちの兄ちゃんも自己紹介しちゃくんねェか。ハロー」

「ヴァイ・スィ・フデール」

刃物の目をした青年が、知らない国の言葉を吐き捨てた。

レックスが〈鋼石〉をちらりと見遣り、退がっていろと視線で示す。

「リュウトは日本語がまだ得意ではないので、代わりに私が説明しましょう。彼はブラジルの田舎町でプロレスを学んだそうです。リュウトの師匠はあなたとおなじ《ネオ・ジパング》出身で、尊敬する選手を追ってブラジルに渡った人物なんだとか。そんな師匠の母国で腕だめしをしようと、伝手もないまま単身で来日したんですよ」

ブラジル——ひとりの男が脳裏に浮かぶ。

俺が〈掃除屋〉になるきっかけとなった男。破天荒なレスラーに魅せられ、日本の裏側に旅立った、野の花のように素朴で純真な男。

そうか、あいつは元気でやっているのか。

ひそかに懐かしさをおぼえつつも、警戒は解かない。

「要するに、いたいけな青年を騙くらかして不良仲間に引き入れたわけだな」

〈破壊屋〉である言質を取ろうと、それとなく挑発する。しかしレックスは駆け引きに乗ることなく「騙してなんかいませんよ」と、すげなく答えた。

「私もリュウトも、あらゆる団体から入門を断られ路頭に迷っていたんです。そこに〈あの方〉が手を差し伸べてくれたんです」

「まるで教祖と信者だな。ずいぶん慈悲深い野郎だが、どこのどなたさんだい」

「藤戸さんはお芝居が下手ですね。リングと一緒で、二流だ」

誘導尋問を、レックスがひとことで撥ね除けた。

「半身不随のカリスマ、不屈のレジェンド……彼に憧れていた私は、来日後にこっそり病室を訪ね、本人から〝一緒にすべて壊してみないか〟とスカウトされたんですよ」

「……いまの発言は、自分たちが〈破壊屋〉だと告白した。そう考えていいんだな」

高圧的な問いにも〈巨獣〉は笑みを浮かべるばかりで、なにも答えようとはしない。

その不敵な顔を眺めるうち、胸の底で黒い炎がちろりと燃えはじめた。

舐めるなよ。とことん言わねえつもりなら、無理やりにでも吐かせてやる。

「なあ、兄ちゃんよ。あんたら〈模倣品〉が〈本物〉に勝てると思ってんのか」

摺り足で砂利をわざと鳴らし、戦闘体勢を暗に告げる。

「どこの詐欺師に誑かされたか知らねェが、こちとらピューマ藤戸だぜ。ロートルとはいえ、チワワ二匹じゃ勝負に……」

挑発の途中で、ふたりの姿が消えた。

どこだ――闇に目を凝らした直後、拳に激痛が走る。

いつのまにか俺の指をレックスが摑み、あらぬ方向にぼきりと折り曲げていた。

「あなたが私の父に見舞った、指を破壊する裏技〈コルク抜き〉ですよ。〈本物〉より上手いでしょう。これでも勝負になりませんか」

「……五十点ってとこだな。スピードはあるが、腕力に頼りすぎだ」

痛みに呻きながら軽口を叩いた瞬間、今度は背後から両脇に腕を差しこまれた。

分厚い両手が俺の視界を塞ぐ。驚く暇もなく地面の感触が消え、平衡感覚が失せる。

まずい、この体勢は投げ技――クーガー・スープレックスじゃねえか。

気がつくと同時に、後頭部へ衝撃が走った。身体の内側で硬いものが砕ける厭な音が聞こえ、電撃に似た痛みが爪先から脳天まで駆けぬける。

悪寒と寒気が全身を包み、仰向けのままで胃液を吐きもどす。気道が詰まって何度も咳きこみ、そのたびに痺れるような痛みが胸のなかで暴れた。肋骨、それとも背骨か。いずれにせよ軽傷ではないのは確実だった。

「クアントス・ポントス？」

悶えるこちらを覗きこんでリュウトが訊ね、隣のレックスが手を叩いて笑った。

「〝俺の技は何点か教えろ〟だそうです。どうせなら、もう一度私がスープレックスをかけて、どちらが巧いか採点してもらいましょうか」

返事をする余裕さえなかった。なんとか息を整え、よろよろと立ちあがる。

チワワなどと嘯いてみたがとんでもない。飼い慣らされた猟犬と、鎖さえ嚙みちぎる野犬のコンビだ。いかに豹といえども、猛犬二匹が相手では保たない。

今夜で俺は終わるのか。引退試合を前に、自分の選手生命はここで潰えるのか。

だったら——せめて刺し違えてやる。ふたりを道連れにしてやる。

疼く拳を無理やり握りしめ、胸の痛みを堪えながら息を深く吸って、一歩前に進む。

こちらの闘気を察し、リュウトがボクサースタイルの姿勢をとった。

と、レックスがおもむろに腕をだらりと下ろし、背後に語りかける。とたん、玩具を取りあげられた子供のように拗ねた顔で〈野犬〉が構えを解いた。

「場外乱闘はこのへんにしておきましょう。今夜の目的は襲撃ではなく、メッセージを伝えることなのですから」

「メッセージ……だと」

「ええ、〈あの方〉から言伝てを預かってきました。〝早く来い。真相から逃げるな。俺から逃げるな〟だそうです」

「戯言ほざきやがって。俺は逃げねェ。そして、お前たちも逃がさねェ」

低く吠え、さらに前進した。痛みはさらに激しくなっている。構うものか、ここまできたらなにも惜しくはない。腕か足の一本でも奪ってから、くたばってやる。

こちらの悲壮な顔をちらりと見て、〈岩石〉が呆れた様子で吐き捨てた。

「やはり〈あの方〉が仰ったとおり、あなたは自己犠牲を顧みない性分のようですね。しかし……仲間がおなじ目に遭うとしても、その頑固さは守れますか」

「なにをグダグダ言ってやがる。闘るのか闘らねェのか、はっきりしやが……」

「流星ミコトさんでしたっけ」

「なに」

言葉に詰まり、体温が一気に下がる。

「アイドルからレスラーに転身とは驚きました。なかなか頑張り屋のお嬢さんですね」

「……なんで、お前ェがミコトを知ってるんだ」

「実は、たまたま私たちも今日の試合を観に行っていたんです。藤戸さんのすぐ後ろに座っていたんですが、お気づきになりませんでしたか」

気づくどころか不穏な気配さえ感じなかった。去り際の声は——こいつか。

二の句が継げずにいる俺を愉しげに眺め、レックスが鼻を鳴らした。

「ご一緒の男性は、茂森サトルさんでしたっけ。あんなに熱心なファンがいて、彼女も幸せですね。まあ……おふたりとも怪我だけには注意してほしいものですが」

「……そいつァ脅迫のつもりか」

「とんでもない。単なる忠告ですよ……いまのところは」

愉しげに嘯く顔を見た瞬間、燻っていた黒い炎が一気に噴きあがる。アドレナリンがあふれ、身体中を襲う痛みが吹きとんでいく。

脅しなどと姑息な真似を使いやがって。そこまで堕ちたのか——鷹沢。

ならば、俺も肚を決めてやる。豹になってやる。

「……おい、忠犬ども。飼い主に伝えとけ」

静かに告げて足を踏みだした。こちらの気迫に圧され、レックスたちが両脇に退く。

「満タンの尿瓶で脳天を叩き割りに行ってやるから、覚悟しろ……とな」

「……伝言、たしかにお預かりしました」

闇へ沈むようにふたりの気配が消えても、俺はしばらくその場を動けなかった。

滾る血で、身体の芯が熱かった。

4

「痛ッ」

病室のドアノブに触れたとたん、痛みで悲鳴をあげる。慌てて腫れあがった手で口を押さえ、必死に声を堪えた。

〈鷹沢雪夫〉と書かれたプレートが、傷だらけの俺を冷ややかに見下ろしている。

勢いのままに来てはみたものの、やはり土壇場になると躊躇してしまう。この身体で飛びこむべきか否か、迷いが生じる。

やはり、策を講じてから再訪すべきか。せめて、怪我がもうすこし癒えてから――。

「さっさと入ってこいよ、藤戸」

逡巡する俺を急かす声が、ドアの向こうから届いた。

「そんなに悩んでいたら、尿瓶が干あがってしまうぞ」

こちらの迷いなどお見通しということか。ならば、行くしかない。進むしかない。

上等だよ――怯むおのれを鼓舞して、俺はノブを一気に捻った。

久方ぶりの病室は、黒一色に染まっていた。

大きな窓の向こうに、鈍色の雲にいちめん覆われた夜空があった。雲間にのぞく淡い光は月だろうか。この部屋までは届かない。希望の光は弱く、遠い。

部屋の脇へ置かれているベッド。その上に、部屋より昏い影が横たわっていた。

異様なほどに色が濃い。まるで底のない闇だ。これに比べれば、先ほどのふたりなど仄暗い木陰のようなものだった。

影——鷹沢はなにも言わず、こちらの言葉を待っている。

むろん表情は分からなかった。闇に浸り、笑っているのか、それとも。

「……外国人の兄ちゃんに遭ったぜ」

どうにかひとこと呟くなり、かすかに空気が揺れた。

「あのふたりはダイヤの原石だよ、将来が楽しみだ」

黒い男が、朗らかな声で言った。

快活すぎて調子が狂う。うっかり怨讐を忘れてしまいそうになる。

挫けそうになる気持ちを奮い立たせ、俺は再び口を開いた。

「話は聞いたが、連中の与太をすべて信じる気にはなれねェな。あのガイジン兄ちゃんは、お前に差配され《やまびこプロレス》に参戦したと言っていた。だが、俺があの大会を観たなァ、お前ェさんに相談した翌週の話だ。数日で選手をブッキングできるたァ」

「できるんだよ」

　即答だった。

「藤戸、お前がなにを考え、なにを悩んでいるか。それさえ見逃さなければ、その後にお前がどう動くかは簡単に判る。事前に選手を送りこむなど造作もないんだよ」

「つまりお前ェは、俺が《やまびこプロレス》を訪ねると分かっていたってのか」

「もちろんだ。《大和プロレス》に行くことも《ＢＢＢ》を観戦することも、すべては予想の範囲内だ。だからこそ、レックスをほうぼうに参戦させたんだ」

「じゃあ、ミコトが俺に相談することも、サトルが泣きつくのも織りこみ済みだったと言うのかい。超能力じゃあるまいし、そいつァさすがに信じられねェぜ」

「ああ。さすがの俺も、お前があれほどお人好しだとは予想していなかったよ」

　影が軽く揺れる。笑ったのだろう。

　呼応するように窓が鳴った。風が強まり、雲が動いている。

「だが、お前がトラブルを解決しようと俺を頼ってくるのは想定していた。なあ藤戸、思いだしてみろよ。若手時代も、お前との試合で主導権を握っているのは、いつも俺だった。いつだって、いまだって、お前は俺の掌の上で暴れているだけなんだよ」

　妄言としか思えぬ主張。だが、それが嘘ではないことを俺は知っていた。

　鷹沢は、それを可能にする頭脳を持っているのだ。

それなのに。それほど秀でた男なのに。

「なのに、どうして〈破壊屋〉なんざ」

堪えきれず、避けていた核心に触れる。身体が疼き、心が痛んだ。

闇はなにも応えない。沈黙が部屋を包んでいる。時間が止まっている。

窓が鳴った。流れているのは、夜風だけだ。

そのまま、どれほど時間が経ったものか。ふいに、月が雲を脱いだ。

月光が室内に射しこみ、部屋の主を照らす。顔が白々と浮かびあがる。

鷹沢の髪はさらに伸びていた。髭も長らく手入れしていないと見えて、野放図に顎を覆っている。喩えるなら野武士か、あるいは殉教者を彷彿とさせる相貌だった。

斬るつもりなのか、斬られるつもりなのか。救いたいのか、救われたいのか。

と、おもむろに朋友が語りだした。

「俺は……諦めずに立ちあがり、不屈の精神で闘い続けるレスラーなんだとさ」

ぞくりとするほど冷ややかな、身体の芯から寒くなる声音だった。

「十数年が経って目覚めたら、勝手にそんな肩書きがついていた。覚醒してしばらくは現状を把握するのに精いっぱいで、意味を考える余裕なんてなかった。ようやく自分の置かれた状況を理解できるようになっても、なんだかその言葉は他人事のようだった。事実、あの日までは深く考えることはなかった。一年前……国民的タレントとやらが、テレビの取材で強引に病室を訪ねてくる、あの日までは」

北風に似た声で鷹沢が語り続ける。俺は唇が凍りついたまま、相槌さえ打てない。

「こっちはなにせ浦島太郎だから、その男が何者かまったく知らない。だからといって〝誰ですか〟と訊くわけにもいかないしな。それで仕方がなく、問われるままに応じていたのさ。すると突然……タレントが俺の手を握り、涙目でこう言ったんだ」

あなたがそんな身体になったのは、ちゃんと意味があるんです——。

だって私たちは、あなたに勇気と希望をもらっているんだから——。

諳んじた声が、小刻みに震えている。

「その科白を聞いた瞬間、悟ったよ。嗚呼そうか。俺は、手軽に感動を享受するための小道具になったんだ……とね」

「違う」

「なにが違うんだ。笑わせるじゃないか、どれだけ〝不屈の精神で闘い続ける〟などと宣ってみたところで、みんな内心では俺が復帰できないと思っているんだぞ。たったひとり気づいていない愚かな俺を憐れむことで、自分たちの幸運に胸を撫でおろしているんだぞ」

「違う。鷹沢、その考えは間違いだ」

思わず声を荒らげる。けれども、影は漏れる言葉を止めない。

「いまも一日と空かず届くファンの手紙には、美辞麗句が書き連ねてある。〝諦めないあなたに勇気を教わりました、プロレスの力に助けられました〟とな。だったら、なぜプロレスは俺に力をくれないんだ。勇気をくれないんだ。諦めずに何度も立ちあがるのがプロレスラーだとしたら、一度だって立ちあがれない俺は本当にプロレスラーなのか。他人が押しつけた役割を受け入れることしかできず、ギブアップさえも許されない……そんな人間、本当にプロレスラーと呼べるのか」

なにも答えられない。俺は、彼の心を溶かす術を知らない。

〈殉教者〉が窓の向こうを見つめながら「それでも」と、言葉を続けた。

「それなりのキャリアを重ねたすえに、この身体になっていたなら……俺も納得できたかもしれない。だがな藤戸。俺の時計は若手時代、あの日のままで止まっているんだ。レスラーとしての爪痕を、なにひとつ残していないんだ」

再び月が翳り、闇が部屋を浸していく。

「パンチとキックをひたすら繰りだす無骨な試合。あるいは凶器を躊躇なく振りまわす乱暴で粗暴な試合。もしくは流血に観客の絶叫と悲鳴が轟く凄惨な試合……たったひとつ、ワンマッチだけで良いから体験してみたかった」

独白を煽って、夜がどんどんと濃くなっていく。

「しかし……もはやその夢は叶わない。いまの俺がどれほど周囲に罵声をぶつけても、聞くに耐えない呪詛を吐いても、世間は〝鷹沢選手は必死に自分と闘っているんだ〟と好意的に解釈する。こちらの意思などおかまいなしに〝不屈のレスラー〟と祀りあげて、勇気をくれ、元気をくれ、希望をくれ生きる力をくれと縋りついてくる。もう充分だ。俺は俺として生きたい。自分の望む人生を選びたい。だから……決めたのさ」

いっそう強い風が吹く。建物全体が呻くように、みしり、と軋む。

「こうなったら、誰もが納得せざるを得ないほどの悪行をおこない〈本物のヒール〉になってやろう。そのためにすべてを破壊してやろう……」

「それで、あの連中に〈破壊屋〉を演じさせたってのか」

「あんなのは単なるスパーリング、本番はこれからだ。次からは本当に一般人を襲う。虚構の住人と思っていたレスラーが牙を剝き、美しい物語の登場人物と信じていた鷹沢雪夫が現実を蹂躙する。世間は困惑し、混乱し、首謀者である俺を心から恐れ、怒り、憎む。そこで俺は、ようやくプロレスラーに戻れるんだ」

「闘う相手を間違えてるぜ。レスラーはレスラーに挑み、倒すのが仕事だ」

「言っただろ、いまの俺はプロレスラーじゃない」

否定の科白は喉につかえ、声にならなかった。

心のどこかで、鷹沢の主張に賛同しそうな自分がいる。お前を玩んだ大衆にひと泡吹かせてやれと喝采を送りたくなっている。すべて壊してしまえと願っている。

レックスたちも、この呪文めいた声色に魅入られたのだろう。

無理もない。これは禁断の麻薬だ。魔法の媚薬だ。間違っているとは知りながらも、首肯してしまう。陶酔してしまう。信仰してしまう。

だが、本当にそれで良いのか。止めるべきではないのか。

どうやって――答えはない。見つからない。闘えない。

ならば、俺の不戦敗だ。

「鷹沢……ギブアップだ。お前ェさんの勝ちだよ」

力なく呟いて出口へ向かう。リングも、人生も、敗者は黙って去るのが筋だ。

と、ドアノブを摑んで、痛みに歯を食いしばった直後――。

「羨ましかった」

寂しげな声が背中にぶつかり、ドアノブを摑む手が止まった。

「ギブアップできるお前が、羨ましかった」

「……いま、なんと言った」

「俺は、死に場所に迷えるお前が羨ましかった。誰と、いつ、どこで闘って選手人生を終えるか。それを選択できるお前に、俺は嫉妬していたんだ。だからこそ〈破壊屋〉と名乗ったんだよ」

その言葉を聞いた瞬間、底なしの暗闇にちいさな赤い光が、ふたつ灯った。

炎――違う。これは目だ。豹の目だ。怒りに震えた獣の目が光っているのだ。

自分はいま怒っているのだ。友に憤っているのだ。

俺に対する羨望と嫉妬で〈破壊屋〉になっただと――それが本音か。だったらなぜ、直接ぶつかってこないんだ。受けとめられないと思ったのか、救えないと思ったのか。

ふざけるな。お前がどんな身体でも、全力で闘うに決まっているだろう。命を賭して守りぬくに決まっているだろう。親友も、プロレスも、自分自身も信じられないのか。

さんざん講釈を垂れたくせに、最後の最後で弱音を吐きやがって。覚悟はどうした。決意はどうした。すべてを壊すんじゃなかったのか。悪党を演じきる度胸もないのか。

それでもお前は、プロレスラーなのか。

告白を終えて安堵したのか、鷹沢が大きく息を吐いた。

「まあ、勝手に〈破壊屋〉の名前を拝借したことだけは謝っておくよ。とはいっても、正しい俗称は〈掃除屋〉だからな。〈破壊屋〉は勝手に命名された……」

「ゴチャゴチャうるせェよ」

「藤戸……」

「レスラーじゃねェと宣う人間が、知ったような顔で〈掃除屋〉なんて口にするんじゃねェ。それに、悪ィが俺はもう〈掃除屋〉じゃねェんだ」

猛獣が大きく身を翻し、暗黒に嚙みついた。闇に牙を立て、影を食いやぶる。

「今夜から、俺は〈破壊屋〉だ」

雲が切れ、再びひとすじの月光が部屋に流れこむ。

闇を裂く刀を思わせる、細く長い光。その切先が、俺の顔を照らす。

「だから鷹沢、お前のすべてを壊してやる。覚悟しな」

返事を待たずに、俺はドアを閉めた。

5

入場曲が鳴り響くなか、流星ミコトが先輩選手と花道に姿を見せた。

満面の笑みを浮かべる顔には、前回〈羅腐烈死悪〉にやられた傷がまだ残っており、なんとも痛々しい。観客にそれを感じさせまいと努めているのか、ミコトはことさらに明るい顔で手拍子を促している。

と、彼女がハイタッチを求めて最前列をまわりはじめた。

まずい、面が割れる。慌ててハンチングを目深に被り、おもてを伏せて遣り過ごす。

幸いにも彼女はこちらに気づかず、俺の前を素通りしてリングにあがった。

やれやれ――なにをしているんだ、俺は。

バレるのが厭なら、どうして最前列のチケットなぞ買ったんだ。そもそも、なぜ負傷した身で、《フローラ》の会場にこっそりと足を運んでいるんだ。

おのれへ問うたものの、自分でも上手く説明ができなかった。ミコトのファイトに、鷹沢と対峙するための手がかりがある。そんな根拠のない直感があっただけだ。

病室で威勢よく啖呵を切ってはみたものの、鷹沢への対抗策はいまだに思いつかない。とはいえ、残された時間は限られていた。こちらが怪我で喘いでいるうちに、あいつは計画を実行し、本格的に破壊活動を始めるだろう。

どうすれば、破壊屋を止められるのか。鷹沢を倒せるのか。親友を救えるのか。

プロレスラーではないのに、プロレスラーと呼ばれ続ける人間を。

プロレスラーでありたいのに、自身をプロレスラーと認められない人間を。

どれだけ考えても正解は思い浮かばなかった。悩めば悩むほど、あいつが憎む連中とおなじ言葉を吐きそうな気がしてしまう。だから俺は《フローラ》を再訪したのだ。

アイドル時代〈破壊屋〉と蔑まれていたミコトなら、ヒントをくれるのではないか。元祖〈破壊屋〉が、なんらかの打開策を提示してくれるのではないか。

そんな淡い期待を抱いて、会場を訪れたのだが——。

「さすがに、そう上手くはいかねェか」

前回をなぞるような試合を眺めながら、俺は肩を落とした。

ミコトもパートナーの選手もそれなりに健闘しているものの、いかんせん〈羅腐烈死悪〉は連携に一日の長がある。ゴングが鳴って早々にミコトのパートナーをチェーンで絞首刑に処すると、あとはいつもどおり一対五の不利な展開に持ちこんでいた。

リンチに遭うミコトを凝視しながら、頭のなかで鷹沢の言葉を反芻する。

俺はヒールになりたかった。俺は本物のヒールになるんだ——。

レスラーはなぜヒールを志すのだろう。現状に対する反抗、自身への苛立ち。人気の低迷、負傷によるファイトスタイルの変更。すべては——不信によるものだ。

観客の声援を、自身の技量を、プロレスを信じられなくなってしまうのだ。

だから、もう一度レスラーである喜びを確かめたくて、生きている実感を得たくて、選手はヒールを名乗る。枷を糧にして善玉の顔を守るか。枷を打ち壊して悪党の仮面を被るか。選択肢はふたつにひとつしかない。

本当にそうなのだろうか。プロレスラーの進む道は、そのふたつしかないのか——。

がしゃん——派手な音に思索が中断される。

顔をあげると、数メートル目の前でミコトがパイプ椅子に埋もれていた。毒蔵ユミがミコトの髪を摑んで場外を引きずりまわし、客席へぶん投げたのだ。

観客が遠巻きに見守るなか、ミコトはその場にうずくまり呆然としていた。

デビュー前はあれほど破天荒に見えた小娘が、おとなしく蹂躙されている。もちろん技術や経験の差は否めないが、原因は別にある——そんな気がした。

その理由をしばらく考え、ふいに悟る。

彼女は期待に応えようとして、みずから枷を嵌めているのだ。無自覚のうちに大きな翼をたたみ、狭い鳥籠に閉じこもっているのだ。それに気づかぬまま、飛べない自分に戸惑い、苛立ち、空まわりしているのだ。

やがて彼女は籠にぶつかり、翼を傷つけて二度と飛べなくなるだろう。自分も他人もなにひとつ信じられなくなるだろう。鷹沢のように。

「……だったら」

無意識のうちに腰をあげ、痛みに呻きながら席を立つ。

「だったら、その枷を壊せばいいじゃねェか」

俺は〈破壊屋〉なのだから。

パイプ椅子の山へ近づき、客を押し除けてミコトを見下ろす。

「おい、俺との約束はどうした。常識も非常識も破壊するんじゃねェのか！」

「オジさん……」

椅子に埋もれたままのミコトが、俺を見て目を丸くさせた。

「もっとプロレスを信じろ。ちゃんと信じて、とことん信じて、好き放題やってみろ」

この科白は、誰に呼びかけているのだろう。ミコトか、悪友か、それとも自分か。

俺自身にも分からなかった。

目に光を取りもどしたミコトが、ちいさく頷く。ふらつきながら立ちあがってリングへと向かい、よろよろとエプロンへ這(は)いあがる。

獲物の帰還を待ちかまえていたユミが、セコンドに向かって片手をあげた。ひとりがレフェリーの裾を引いて注意を逸らし、その背後でもうひとりが竹刀を放り投げる。

「よっしゃ、終わりだあ！」

凶器をキャッチしようと、ユミが空中へ手を伸ばす。

そこに――ミコトが突き刺さった。エプロンからトップロープに飛び乗り、そのまま対戦相手めがけてドロップキックを見舞ったのだ。

〈ポイズン・クイーン〉が仰向けに倒れこむ。不恰好(ぶかっこう)に着地したミコトが、リングに放置されている竹刀をすばやく奪いとった。

「こら流星、凶器は反則だぞ！　どうするつもりだ！」

すかさずレフェリーが使用を制する。その顔を数秒見つめ、にっこり笑ってから――

ミコトは、竹刀を自分の頭に思いきり打ちつけた。

ばちんっ、と乾いた音が響く。敵も味方もレフェリーも観客も呆気に取られている。それでもミコトは自爆を止めず、二回、三回と竹刀を自身に浴びせ続けた。

額の傷がぱっくり裂け、白い肌がみるみる鮮血に染まっていく。

「な……なにしてんだテメエ！」

〈羅腐烈死悪〉のセコンドが狼狽えながら、一斗缶を手にリングへ乱入する。その顔面めがけて、ミコトが竹刀を大きく振りかぶった。直撃を食らって昏倒するセコンドから一斗缶をもぎとり、両手で高々と掲げる。

まさか、また——場内が見守るなか、〈大型新人〉は予想どおり、おのれの脳天へと一斗缶を振りおろした。金属音が轟くたび、あたりに血飛沫(ちしぶき)が散る。十数回ほど自分を殴打してようやく手を止めると、ミコトは無惨にへこんだ一斗缶を場外へ放り投げて、ジェスチャーでリングアナにマイクを要求した。

「……試合中になんの真似だ、このアマ」

ユミがパートナーとセコンドを強引にコーナーへ戻し、ミコトの前に立つ。

受けとったマイクを掌で叩き、音を確認してから〈元三流アイドル〉が顔をあげた。

「……自分で試して分かったけど、凶器って難しいね。ちゃんとダメージを与えるのも、お客さんへ伝わるように派手な音を出すのも、コツがいる。簡単には使えないや」

発言の意味を判じかねているのか、〈女王〉は無言で新人を睨み続けている。

「だからユミさん、あんたスゴいよ。これほどの数のお客さんを怒らせて、叫ばせて、感情を揺さぶってるんだもん。やられると腹が立つけど、それでもちょっと感動した」

「いまの言葉はギブアップか。〝あなたには敵(かな)いません〟と降参したつもりか」

嚙みつくユミに「違う違う」と笑いかけながら、ミコトが顔の血を手でぬぐう。

「……あたしさ、プロレスに感動してこの世界に飛びこんだの」

マイクが再び迷走をはじめた。みな、声援はおろか野次すら飛ばせずにいる。

「でも……いざ自分がリングにあがったら、知らないうちに縛られちゃったんだよね。お客さんの期待に応えなきゃ。感動を伝えなきゃ。愛とか勇気とか、前向きな気持ちにさせなきゃ……なんて勝手に義務感を抱いて、自分で自分を縛ってたの」

場内が静まっていた。退屈ゆえではない。全員、先の見えない言葉を聞き逃すまいと集中していた。いつのまにかミコトが試合を、空間を支配していた。

「でも……思いだしたの。そういう常識を破壊するのがプロレスの魅力なんだ。そこに感動して、あたしはレスラーを志したんだ……って。ユミさん、あんたもそうでしょ。プロレスが大好きで、自分も世界も大嫌いで、だから自由なヒールになったんでしょ」

「……なんだよ、いきなり。テメエと一緒にすんな」

ユミが弱々しく吠えた。女王のメイクはすでに剝がれている。

「でもさ、結局〈羅腐烈死悪〉も縛られてるじゃん。ヒールは暴れなくちゃいけない、凶器を使わなくちゃいけない……ルールを破るつもりが、ヒールという新しいルールに縛られてるようにしか見えないんだよね。ねえ、もっと好きに暴れたらいいじゃん」

ロープ越しに〈羅腐烈死悪〉のセコンドが吠える。

「うるせえ！　テメエになにが分かるんだ！」

その顔を一瞥してから、ミコトが無言のユミへ視線を戻し「だからさ」と微笑んだ。

「ユミさん、今日で〈羅腐烈死悪〉を解散して、あたしと新しいユニット組もうよ」

「は？」

ユミがあんぐりと口を開けた。まわりの選手も観客も、会場の全員が絶句している。

「……お前、本気でヌカしてんのか」

「言っとくけど、手下になるわけじゃないから。対等な関係で、なにもかも壊すの」

「ちょ、ちょっと待ってよ。さっきからなに言ってんの、意味不明なんだけど」

パートナーである正規軍の選手が、ミコトの肩をがくがくと揺さぶる。

「あんた、デビュー戦のときに〝この世界で栄光を摑みます〟って宣言してたじゃん。あの宣言、どうすんのさ」

「そうだよ、あたしは栄光を摑むんだ。嫌いだったアイドル時代の自分を張り倒して、バカにした連中を蹴りとばして、あたしみたいに自分が嫌いな子のために、くだらない全部をブッ壊すんだ。そのためには、毒蔵ユミが最適なパートナーだと思うんだよね。だってこの人、どう見てもプロレスが大好きなんだもん」

そう言うと、ミコトは〈毒気を抜かれたクイーン〉へ手を差しだした。

「ボス、こんなヤツと握手なんかしないでください！」

「三流アイドルのたわごとですって。さっさと始末しましょう！」

駆けよる〈羅腐烈死悪〉の面々を、ユミが視線で押し留めた。

疑念、信頼、敵意、あらゆる感情がリングに流れこむなか、ユミがミコトに触れんばかりの距離まで顔を近づけた。マイクが吐息を拾っている。

「この場の全員が敵になるぞ。その覚悟はあるのか、元アイドル」

「あんたさえ良ければね。そのほうが面白いでしょ、現役ヒール」

「……たしかに面白いかもな。仕方ない、今日から〈元〉ヒールだ」

一瞬アイコンタクトを交わしてから、ふたりは数秒前まで仲間だった選手たちへ襲いかかった。ゴングが連打され、怒声と悲鳴が交差する。音響も兼任しているとおぼしきリングアナは、誰の曲を流せばいいか分からずパニックを起こしていた。

なにもかもが混沌に包まれるなか——俺は大声で笑っていた。

あの嬢ちゃん、本当に大したタマだぜ。

団体としては反則攻撃による連敗で同情を集めておいて、最後の最後でミコトに勝利してもらう皮算用だったに違いない。彼女のハングリーさを鑑みれば、遠からず勝ちをもぎとるであろうことは想像に難くない。そんな未来を想定して青写真を描き、成長にいたるストーリーを用意していたはずだ。

だが、ミコトはみずからの手で安直な物語を書き換えてしまった。善玉にも悪党にも属さない、前代未聞の選手に生まれかわる道を選んだ。

そうか――破壊は〈誕生の前兆〉なのだ。〈再生の手前〉なのだ。

雛が内側から啄んで卵の殻を割るように。蝶が飛びたつ寸前、蛹が裂けるように。

新たに産まれるため、再び生まれるために旧いものは壊れるのだ。

ならば、破壊にも意味はある。価値はある。

そうか――鷹沢を壊すための意味が、価値が、道筋がおぼろげに見えた。

ノーコンテストを告げるマイクにブーイングが飛ぶなか、花道を歩いていたミコトが俺の席に駆けよってきた。

「約束どおり常識をブッ壊してやったよ。ま、これから大変そうだけど」

ブイサインを突きだす彼女に「ああ、苦労すると思うぜ」と告げる。

「裏切り、寝返り、不和、反逆、謀反……不測事態のオンパレードだろうな。ま、そのたび立ちあがりゃいいだけさ。蹴られ、踏まれ、落とされ、それでも這いあがる……。お前ェさんのぶざまな姿を、包み隠さず観客に見せてやんな。それが」

「プロレスでしょ。分かってるってば」

傷だらけの顔で微笑み、ミコトが軽やかに去っていく。

その姿を讃えるように、次の試合の入場曲が鳴りはじめた。

6

四角い空間に立ち尽くし——俺はひそかに驚いていた。

何百回、何千回と数えきれないほど踏みしめたリングは、前回の戸惑いが嘘のように馴染(なじ)んでいた。マットの感触もロープまでの距離も違和感がない。那賀と闘ったことで感覚を取りもどしたのか、それともここ数日の変化がもたらした結果なのか。

いずれにせよ身も心も軽い。できれば思いきりスパーリングしたいところだったが、残念ながら試合をする余裕はない。今日闘うべき相手は、ほかにいる。

「つまり……」

リング下からこちらを見あげ、石倉が問う。

「その〈破壊王〉っちゅうフザけた暴漢が、鷹沢やっちゅうんか」

あいかわらずの福々しい丸顔も、今日ばかりは表情が固い。

「にわかには信じられませんね。だって、あの鷹沢先輩ですよ……」

石倉の隣で《ネオ・ジパング》時代の後輩、羽柴誠(まこと)が弱々しい声を漏らした。現在は人気団体《XXW》を牽引する遣り手社長だが、石倉同様に神妙な顔をしている。

羽柴の横には《BBB》代表の根津達彦が立っていた。いつも陽気な〈デスマッチの申し子〉も唇をきつく結んだまま沈黙している。そんな根津の傍らでは、ローカル団体《やまびこプロレス》のマスクマン社長、トルネード・ノブナガが腕組みをしている。覆面で表情こそ窺えないが、やはりマスクから覗く目には憂いの色が滲んでいた。

一同をぐるりと見まわしてから、傷だらけの手を掲げてみせる。

「俺もいまだに信じられねェが、残念ながら事実なんだよ。だから、お前ェさんたちにこうして集まってもらったんだ」

「まあ……こんなん見てしもたら、納得するしかないわな」

石倉が手にしたスマホをしげしげと眺め〈破壊屋〉の映像に溜め息をつく。

相手を路上に叩きつける鈍い音が画面から漏れ、その場の全員が身を強張らせた。

ミコトの試合を観戦した直後、俺はさまざまなプロレス団体のトップにコンタクトを取り《大和プロレス》道場に来るよう招集をかけた。いずれの団体も俺が〈掃除屋〉として関わった、いわば戦友のような仲間ばかりだ。

そんな仲間たちを信じて——俺はすべてを語った。〈破壊屋〉の映像、それを追った海江田の末路、仁王原の助言。怪しい外国人選手との邂逅、そして、鷹沢の独白——。一連の出来事、すべてを詳らかに話して聞かせた。

「それにしても、エゲツない真似しよるなあ」

衝撃映像に顔を歪める石倉へ「そいつァまだ序の口だよ」と告げる。

「投げられてるなァヒヨッコとはいえレスラーだ。けれども鷹沢はこの先、素人にそのクーガー・スープレックスを見舞う腹積りなんだぜ。もし、本当にそうなったら」

「確実に死人が出るわな」

根津があっけらかんと言いはなち、ノブナガが「世間は大騒ぎになるでしょうね」と発言を繋いだ。

「そうなれば、プロレス全体へのバッシングはもちろん、鷹沢さんを支えていた〈掃除屋〉も、藤戸さんを参戦させていた団体も糾弾は免れない。つまり、ここにいる全員が……破壊される」

「なるほど、それが鷹沢先輩の目的か」と、羽柴が肩を落とした。

「仲間も、業界も、自分の築いてきた歴史も……みんな壊すつもりなんだ」

「そして……その〈破壊〉を止めるために今日、我々は集められたわけですね」

察しの良いノブナガに、思わず「ご名答」と微笑んだ。

「俺ひとりじゃなにもできねェ。だが、お前ェさんたちの力を借りれば勝機はある」

すかさず根津が「そうは言ってもよ」と、みなを押し除けて前に出た。

「具体的になにをするんだい。まさか、集団で闇討ちでもするつもりか」

「アホ、そない物騒な真似できるかい。鷹沢とおなじ穴のムジナになってまうやろ」

「うッせえなクソタヌキ。てめえはムジナになっても困りゃしねえだろうが」

石倉と根津の不毛な小競りあいが落ちつくのを待って、俺は再び語りかけた。

「ピューマ藤戸の引退試合を、各社合同で開催してほしい」

根津を睨んでいた石倉が「待て、待て待て待て」とリングに駆けよってくる。

「なんでいきなり引退試合の話になっとんねん。各社合同ってどういうこっちゃ」

「俺が見こんだ選手を各団体から集める……そんな大会にしてェんだ」

「要は、オッさんがマッチメイクをするってのか」

「ああ、八割方は選定を終えた。インディーにローカル、外国人選手からフリーまで、これはと思うレスラーを選りぬいたつもりだ。できれば、女子の試合もワンマッチ用意してェんだが……羽柴ンところは《フローラ》に伝手があったよな」

「え、ええ。ウチは何度か一緒に興行を打ってますから、話は通せますけど……」

焦れた石倉が「せやから、ちゃんと説明せえや」と靴を鳴らした。

「お前の試合だけで興行は打てんからな、ほかの試合が必要なんはまだ理解できるわ。でも、なんで今日のタイミングでその話やねん。鷹沢の件となんぞ関係あるんか」

「あるんですよね。だからいま、話したんですよね」

ノブナガの問いに、視線で「そうだ」と答える。

「とはいえ藤戸さん、俺にはまるで仕掛けが見えません。どんな計画ですか」

「まだ言えねェ……いや、俺自身もどんな結果になるか判断がつかねェ……ってのが、正直なところだ。ただ〈破壊屋〉を止められる手立てはこれしかねェと確信している。あいつがプロレスですべてを壊すつもりなら、俺たちはプロレスですべてを再生する。頼む、俺を信じてくれ。俺に賭けてくれ」

しばらく全員が押し黙り——やがて、石倉が「無茶やな」と鼻を鳴らした。

「なんも聞かんと〝俺に賭けろ〟は、なんぼなんでも大博打(おおばくち)やろ」

根津が「たしかに……危険だな」と同意した。

羽柴とノブナガは、無言のままで顔を伏せている。

駄目か——無理もない。常識で考えれば当然の話だ。

なにも聞かず選手を貸してほしい、戦略は決まっていないが一緒に闘ってほしい——そんな無茶を呑む人間などいない。俺が勝手に仲間だと思い、甘えていただけだ。

やはり、独りで挑むしかない。

勝てないと分かっていても、闘うしかない。

「……すまなかった。いまの話は忘れてくれ」

と——頭を下げる俺を見て、石倉が「お前、勘違いしてへんか」と眉をひそめた。

「もしかして、ワシらが断ると思ってんのやろ」

「だってお前ェ、いま〝大博打やな〟とヌカしたじゃねェか」

「アホ、大博打ほど勝ったときの儲けはデカいんや。イチかバチかの勝負なら、お前に賭けるに決まっとるやろが」

根津が「ま、そういうこった」と石倉の前に割りこんだ。

「俺様は危険が主食でね。悪いが、ご馳走を譲るつもりはないぜ」

「藤戸先輩を信じてなかったら、そもそも今日ここに来ていませんよ」

「そういうことです。最後の大舞台、お供させてください」

四人が横一列にならび、示しあわせたように頷いた。

「……どいつもこいつも、馬鹿ばっかりだな」

リングに正座し、深々と頭を下げる。

なにかが溢れてしまいそうで、なかなか顔をあげる気にはなれなかった。

「あ！」

しんみりした空気をぶち破るように、石倉が大声をあげた。

「肝心なことをまだ聞いてへんぞ。藤戸、お前は誰と試合するんや」

「そうだよオッさん。あんたの対戦相手はどうするんだ」

「まさか、その負傷させられた外国人選手と闘う気ですか」

ノブナガの問いに首を振る。

良いのか藤戸。本当に覚悟はできているのか――もうひとりの自分が囁く。

口にしてしまえば、もう戻れないんだぞ。リングにあがるしかないんだぞ。

「馬鹿野郎、俺を誰だと思ってやがる。ピューマ藤戸、本物の〈破壊屋〉だぜ」

おのれに吐き捨てると、俺はもう一度全員を見わたして——静かに告げた。

「俺の相手は、鷹沢雪夫だ」

第五話

再生

リボーン

1

無人の四角い空間を、俺は呆然と見つめていた。

リング——ではない。病室に置かれた患者用のベッドである。

もっとも、この寝台で懸命におのれの身体と闘っていた男がいると考えれば、此処はある種の闘技場なのかもしれない。けれども、その男の姿はすでにない。

掛け布団と枕はきれいに重ねられ、シーツも折り目正しく畳まれている。ご丁寧に、電子機器までもがベッド脇にきっちり揃えられていた。たしかに立つ鳥跡を濁さずとは言うものの、あまりにも整然としている。その所為で厭な想像をめぐらせてしまう。

これでは、まるで——快復のすえに病室を去ったのではなく。

「死んだみたいだ……とでも思ったかい」

俺の隣に立っている女医の奈良宏美が、もぬけの殻のベッドを眺めながら呟く。暴君ドクターに内心を見透かされ、俺は「いや、その」と口ごもった。

「安心しな藤戸、あんたの悪友は生きているよ。いや……むしろ」

死んでいないだけと言ったほうが正しいのかな。

純白の空虚へ奈良が呟く。

その声に耳を傾けつつ、俺は不在の闘士——鷹沢雪夫の顔を思い浮かべた。

一般市民をプロレス技で襲い、狼藉（ろうぜき）の様子を動画で配信している謎の男〈破壊屋（デストロイヤー）〉。俺の異名を騙（かた）る不埒者（ふらちもの）。この世のすべてを壊すと嘯（うそぶ）く不成者（ならずもの）。その正体を追っていた俺は、旧友の鷹沢雪夫が黒幕である事実を突きとめた。

試合中のアクシデントで、十数年ものあいだ昏睡（こんすい）状態に陥っていた同期。

奇跡的に目覚めたものの、腰から下が動かずリハビリに励んでいた戦友。

そんな実直を絵に描いたような男が、なにゆえ暴漢まがいの真似（まね）などしているのか。

その真相を探るため、俺は鷹沢の病室を訪ねて本人に詰問し——旧友が、ひそかに闇の底へ堕（お）ちていたことを知った。

鷹沢はリングへ復帰することもままならぬ自身を呪い、安っぽい感動の材料として使われる我が身に苦悶（くもん）したすえ、悪党になる道を選んでいた。人々に心の底から憎まれるヒールと化すことで、再びプロレスラーとして認めさせようと画策していたのだ。

そんな黒い告白を本人の口から聞いた翌週、俺は決断する。

兼ねてより公言していた《ピューマ藤戸ラストマッチ》の開催を発表したのである。

日時は一ヶ月後、会場は日本有数のドームスタジアム。メインイベントはもちろん俺のシングルマッチ。対戦相手は――鷹沢雪夫。これら必要最低限の情報を、主催元である《大和プロレス》社長の石倉からマスコミにリリースしてもらった。

鷹沢が退院したのは、まさにそのニュースが大きく報じられた当日だったという。医師のお墨付きを得ての退院ではない。看護師によれば、いきなり外国人とおぼしき男性ふたりがやってきて鷹沢を車椅子に乗せると、そのまま退院手続きを終えて病院を立ち去ったらしい。半ば脱走である。現に、その行方はいまなお不明のままだった。

どう考えても、俺が鷹沢を対戦相手に挙げたことと無関係ではあるまい。

「強引に退院してまで、なにをするつもりなんだか」

白が眩(まぶ)しい病室に目を細め、奈良が呟いた。

俺はベッドから視線を移さぬまま「単なるマスコミ対策ですよ」と嘯く。

「今日だってスポーツ新聞だの雑誌だのが〝本人に会わせてくれ〟と、ひっきりなしに連絡をよこしてるそうじゃねェですか。それが厭になって出奔したんでしょう」

「違う。そんなものは面会を断れば済む」

「じゃあ、もっといい病院を見つけたんですよ。ほら、此処よりメシが美味(うま)いとか」

「却下。リハビリ施設も医師も病院食も、ウチより質の高い病院は存在しない」

「だったら……試合にそなえて山籠りの特訓をしてるとか。実は、ひそかに身体が動くようになっていたのを秘密にしていた……なんて可能性は」

「そんな誤診をしたとすれば、あたしは今日で医者を辞めるよ」

　つれない返事をしてから、奈良が俺へ向きなおる。

「藤戸、あんたの胡麻粒より小さな脳味噌でも理解できるよう、もう一度教えてやる。鷹沢雪夫は腰から下が麻痺しているんだ。必死のリハビリで上半身こそ動かせるようになったものの、それでも日常生活を送るには介助が必要なんだよ。山籠りなんかどだい無理、ましてやリングにあがるなんて無謀すぎるんだ。分かったかい、ミクロ脳味噌」

　そんなことは分かっている。だからこそ鷹沢は姿を消したのだ。〈破壊屋〉としての計画を遂行するため、暗黒に身を投じたのだ。

　と、極道女医が俺の拳へ視線を移した。

「そもそも、あんただって鷹沢を心配していられる状態じゃないだろうが」

　慌ててポケットへ乱暴に手を突っこみ、痛みで思わず声をあげる。奈良が「いまさら隠しても無駄だよ」と、呆れ顔で溜め息を吐く。

「その腫れは右手の基節骨が折れている可能性が高い。おまけに呼吸に喘鳴が混じっている。背中と肋骨をやったね。おおかた野良試合でもしたんだろ」

　図星を突かれて目を逸らした。壁の白が眩い。暴君がさらに深く息を漏らす。

「いいかい。二年前、あんたは試合中に胸部大動脈瘤が破裂して生死の境をさまよった人間なんだ。それだけじゃない。膝、腰、靭帯。死闘の前から身体じゅうに時限爆弾を抱えていた。この二年ぶじに過ごせたのは、一度も試合をしなかったおかげなんだよ。リングにあがったが最後、眠っていた爆弾がいつ目覚めてもおかしくないんだからね。次に爆発したら、今度こそ……」

その先は言う気になれないのか、奈良が口を噤む。俺も――聞きたくなかった。

聞けば、現実を直視しなくてはいけない。いまは考えたくない。

「……それにしても赤の他人が連れ帰るたァ乱暴な話だ。家族だって怒るでしょうに」

素知らぬ顔で話題を逸らしたとたん、女医が顔を曇らせる。

「あいつに家族はいない」

「……なんの話です」

「どうやら鷹沢は離婚したらしい。担当看護師に〝家族とは別な道を歩む〟と漏らしていたそうだ。事実、あの甲斐甲斐しい娘さんも二、三ヶ月は見舞いに来ていない」

思わず絶句する。

鷹沢は、ファンから届いた手紙を愛娘――理恵が整理してくれたのだと言っていた。あれは嘘か。どうしてそんな真似をする。旧友に虚勢を張ったのか、それとも、計画を知られまいと伏せていたのか。別離を選んでまで〈破壊屋〉を貫くつもりなのか。

「……患者の個人情報を漏洩するなんざ、医者として大問題じゃねェんですか」

混乱のあまり八つ当たりする俺を、奈良が一笑に付す。

「あたしが言わなくとも、あんたは遠からず事実に辿りついたよ。親友だもの」

そうだろうか。俺は、本当に親友だったのだろうか。葛藤にも孤独にも気がつかず、なにを見ていたというのか。病室にぼんやり視線をめぐらせ——はたと気づく。

そうか、此処にはなにもなかったのだ。最初から空っぽだったのだ。鷹沢との絆も、すべて空虚だったのだ。闇の黒が消えたから、白がやけに眩しいのだ。

「……当然だ、暗闇と闘ったところで勝てるわけがねェ」

「それじゃ困るんだよ」

奈良が声を張りあげた。ふだんの暴言とは違う、切実な響きが滲んでいる。

「藤戸、あんたには勝ってもらわなきゃ困るんだよ」

そう言うや彼女は白衣に手を差し入れると、

「頼む。鷹沢を連れ戻してくれ。蘇らせてくれ。再生させてやってくれ」

一本の赤い薔薇を差しだした。

「さっきも言ったとおり、いまの鷹沢雪夫は〝死んでいない〟だけだ。あたしは医師として、お前たちふたりを見守ってきた人間として、あいつを生きかえらせたいんだ」

こちらへ伸びた奈良の手を制し、そっと花を押しかえす。

「俺ァ、ブチ壊すのが仕事だ。再生するなァ先生の得意分野でしょう」

「破壊のあとにしか再生はできない。だから、あんたなら……いや、ピューマ藤戸じゃなければ、鷹沢を再生することはできないんだよ」

純白の病室に佇む、白衣の女——すべてが虚しい色のなかで、薔薇の赤だけが血痕のごとく、あざやかに目立っている。

再生などできるのだろうか。もう一度、闇に血を通わせることは叶うのだろうか。おのれに問いながら、俺は血の色の花弁を見つめていた。

2

血にまみれた顔が、スクリーンへ大写しになる。

どう考えても、高級ホテルの大広間に似つかわしい映像ではない。映画の制作発表や芸能人の結婚会見などに使われる部屋だと聞いたが、ロートルレスラーの流血シーンを映す機会など、後にも先にもこれきりだろう。

上映されているのは、二年前におこなわれた俺と骸崎拓馬の試合だった。世界各国で修行を積み〈プロレスラー殺し〉の腕を磨いてきた骸崎が、その技を如何なく発揮し、岩石を思わせる拳と槍のような蹴りを、俺の身体めがけ打ちこんでいる。

まもなく俺の腹部に鋭い爪先が刺さり、口からひとすじ血が垂れる。と、次の瞬間、骸崎の顔面が赤く染まった。俺が喉まであふれた血を毒霧よろしく吹きつけたのだ。

「……おい、そろそろ停止しちゃくんねェかな」

恥ずかしさのあまり、隣に座っている石倉を肘で突く。

「なにヌカしとんねん、大事な記者会見の煽りVTRを停められるワケないやろ」

「ブイだかゼットだか知らねェが、こんなゲテモノを流す意味ァあんのかよ」

「あるに決まっとるやろが。引退興行まで一ヶ月しかないんやぞ、派手に盛りあげんとチケットかて捌けんし、スポンサーもつかんのや。このくらい我慢せえ」

フグ顔負けの膨れ顔で窘められて、しぶしぶ俺は口を閉じた。記者会見は二年前にも経験しているが、この手の畏まった場は何度来てもいっこうに慣れることがない。

仕方なく堪えているうちに、ようやく映像が終わって場内が明るくなった。

純白のクロスが敷かれた長机——その前に所在なく座る俺に向かって、カメラマンがいっせいにシャッターを切っていく。

〈撮影会〉が落ちついたところを見はからい、司会の新館四郎がマイクを握った。

「では、これより《ピューマ藤戸・ラストマッチ》特別記者会見を執りおこないたいと思います」

新館は、かつて俺が所属していた《ネオ・ジパング》の中継番組で実況を務めていたアナウンサーである。俺とは同い年のよしみもあって若手時代から親交を温めており、二年前は本人たっての希望で骸崎との試合を実況してくれた。今回は俺から願い出て、この記者会見の司会、そして試合当日の実況を担当してもらう約束を交わしている。

「では、はじめにピューマ藤戸選手からご挨拶を頂戴します」

第一声を聞き逃すまいと、記者連中がこちらに視線を向ける。その顔を端から端までじっくり見わたしてから、俺は口を開いた。

「答えてくれ。プロレスとは、いったいなんだ」

全員が一瞬沈黙し、たがいに顔を見合わせる。おおかた、問いの真意を理解できずにいるのだろう。やがて、ひとりの記者がおそるおそる挙手した。

「……あの、それはルール的な意味でしょうか」

「ルールなんざ単純だろうが。リングにあがって相手をぶちのめして、最後まで立っていたほうの勝ち。それだけだよ」

最前列に座った男が「はい！」と手を挙げる。俺が過去に出演したバラエティ番組《プロに教えてもらいまSHOW》のディレクター、卯堂慎吾だった。ふと「引退試合は独占取材させる」と言ったことを思いだす。あの口約束を信じてやってきたに違いない。

「プロレスは、闘う姿から勇気をもらうスポーツ……で、合ってますでしょうか」

「優等生の解答だが、それァプロレスにかぎらねェ。野球もサッカーも一緒だろ」

手を挙げる者はもうおらず、その場が沈黙に包まれる。

華やかな会見を予想していたのに、なんだか面倒くさい話になったな——記者たちの顔には、そう書いてあった。

よし、先制攻撃は成功したな。内心で安堵しながらマイクを握りなおす。

「ま、答えを探しあぐねる気持ちァ理解できるぜ。避ければ無傷で済む技をあえて受け止める。反則も五秒以内なら許される。まともな大人からすりゃ、プロレスなんざデタラメにしか見えねェだろうな。なのに、いまでも会場には大勢の客が詰めかけ、トップ選手になる日を夢見て入門する若僧も少なくねェ。さて、それはどうしてなのか」

そこで言葉をいったん止め、もう一度記者席をぐるりと見まわす。

「……プロレスとはいったいなんなのか。なぜ多くの人々がプロレスに惹かれるのか。引退興行では、その答えを用意するつもりだ。つまりこれ以上話すことはなにもねェ、あとは試合を観てくれってわけだ。だから、これで記者会見はおしまいだよ」

ひといきに話して席を立とうとした直後、「あの！」と声をあげて、記者のひとりが前に出てきた。

「最後にひとつだけ答えてください。対戦相手の鷹沢選手は、あなたの技で半身不随になって、長らく入院してますよね。そんな人間がまともに試合なんかできるんですか。

藤戸さんは、どのような試合内容になると予想していますか」

「いや……それァ、当日までのお楽しみだよ」

俺だって分からない——とは言えず、歯切れの悪い説明をもごもごと呟く。

その様子を見て、記者がさらに詰めよってきた。

「もしかして、さっきみたいに適当な理屈でお茶を濁すつもりじゃないんですか」

「だから、いま言っただろうが！　すべての答えは当日、その目でしっかりと……」

そこで、ふいに照明が消えた。

場内がざわつくなか、スクリーンの隅に〈再生〉の文字が浮かぶ。まもなく画面に、長髪で髭面の男が映しだされた。

「鷹沢だ！」

場内から叫び声があがる。

映っているのはまぎれもなく、鷹沢雪夫本人だった。最後に面会したときとおなじく髪と髭こそ伸び放題だが、面立ちは入院時よりも精悍に見える。

騒乱おさまらぬなか、おもむろに〈最後の対戦相手〉が喋りはじめた。

「……お集まりのマスコミ諸君、心配は無用だ。当日、俺はピューマ藤戸をきっちりと壊す。どうせ最後の試合なのだから、再起不能になったところで問題はないだろう」

時代がかった言葉に、あちこちから含み笑いが漏れる。プロレスにありがちな挑発の類、扇情的なコメントだと高を括っているのだろう。その瞬間――鷹沢が吠えた。

「笑うな。殺すぞ」

画面越しでも伝わる鬼のような迫力、思わず全員が黙りこむ。会場が重苦しい緊張に包まれるなか、俺はひとり思考をめぐらせていた。

なるほど、〈再生〉という字から鑑みるにこの映像は録画と考えるのが妥当だろう。つまり、いまの発言は記者がどんな反応をするか見越したうえでの科白なのだ。

やはり、あいつは只者ではない。

俺が妙な感心をするあいだも、鬼神は画面のなかで罵言を吐き続けていた。

「壊すのは藤戸だけじゃないぞ。お前らが鵜呑みにしている常識も、世間が抱いている良識も壊す。お前らが虚構だと笑うプロレスで、お前らも、世界も……破壊してやる。」

そのひとことで映像は終わった。

会場が明るくなっても、誰ひとり声を出せずにいる。

「ええと……この映像は、どういうことでしょうか」

ようやく我にかえった新館の問いに「知らねェよ」と生声で答える。続けて、石倉が「ホンマにワシらは知らんで」と弁解ぎみに声を荒らげた。

「どういうこっちゃ、どこのアホがこれを流したんや！」

怒鳴る石倉のもとへ、ホテルの従業員らしき男性が駆け寄ってくる。

「あの……先ほど関係者の方から〝鷹沢選手に関する質問が出た際は、これを上映してほしい〟とDVDを渡されまして」

「誰やソイツは。ワシら以外に関係者なんかおらんぞ！」

憤慨する風船頭をよそに、俺は腕組みをしたまま記者席を観察していた。

こんな映像を用意できる人間は、ひとりしかいない。厳戒態勢の記者会見に侵入できる人物。そして、この映像を鷹沢が託せる人物。つまり、犯人は――。

と、出口へ向かう人影をみとめて反射的に立ちあがる。

石倉に「あとは頼んだぜ」と早口で告げ、返事も聞かずに人影を追った。驚く記者が次々に両脇へ退くなか、俺は脇目も振らず出口へ突進した。


勢いよくドアを開けて廊下を進み、ホテルのエントランスに到着する。

豪奢な調度品がならんだ一角に置かれた、革張りのソファー。そこへ悠々と座って、人影――海江田修三は俺を待っていた。

「元気そうだな、敏腕ジャーナリスト」

手短に挨拶するなり、海江田が上目遣いでこちらを睨む。

「再会したとたん嫌味ですか。傷が癒えていないのは一目瞭然でしょうに」

そう言うと、彼は自身のこめかみを指先で叩いた。頭部には幾重にも包帯が巻かれている。俺から〈破壊屋〉の正体を突き止めるよう、依頼されたすえの負傷だった。

「お見舞いの科白くらい口にしても、バチは当たらないと思いますがね」

軽口を無視して歩みよる。

「いまのＶＴＲを持ち込んだのはお前ェさんだな」

尋問を予想していたのか、海江田の表情に変化はなかった。

「昨日、ウチの事務所に送られてきたんですよ。同封の便箋には〝今日の記者会見で、タイミングを見て流すように〟と命令口調で書き添えられていました」

「あいつはいま何処にいる」

「知りません。こちらはＤＶＤを受け取っただけです。送り主の欄も空白でしたから」

「なぜ鷹沢がお前ェに映像なんざ送ってくるんだ。まさか、お前ェも破壊屋の一味か。鷹沢はなにを企んでいる。あいつァ本当に一般人を襲うつもりか」

海江田が掌を突きだし、畳みかける俺に静止を促す。

「質問はひとつずつ、順番でお願いしますよ。それが記者会見のルールです」

「……やれやれ。ようやく脱けだしてきたのに、また質疑応答か」

隣人を押し除けるように、ソファーへ乱暴に腰をおろす。

「じゃあ、まずは鷹沢が〈破壊屋〉だと気づいた理由から聞こうか」

正面を見据えたまま、海江田が頷いた。

「……あなたの依頼を受けて、私はまず関係者を探ることにしました。ピューマ藤戸の必殺技を使うからには、本人にゆかりのある人物が関与していると推測したんですよ。そこで、手始めに鷹沢さんの周辺を洗ったところ……」

「家族と別居していることが判明したんだな」

俺の言葉に、海江田が「ほお」と感嘆の声をあげ、こちらをまじまじと見た。

「藤戸さんも把握済みとは驚きました。引退後はジャーナリストにでもなる気ですか」

「うるせェ。黙って続きを話せ」

「黙って話せ……ですか。なんとも矛盾した命令ですね」

苦笑してから、〈カイエナ〉が再び正面を向く。

「別居を知って、ピンと来ました。彼が家族と別れたのは、なにか企んでいるからではないか……つまり、鷹沢さんこそが〈破壊屋〉の正体じゃないかと考えたんです」

「で、俺に連絡したところで襲撃されたわけか。クーガー・スープレックスを食らった感想はどうだい、最高の体験だったろ」

反撃する俺を忌々しげに睨み、海江田が「最悪でしたよ」と唸る。

「スピードもあり、ダメージも大きい。おまけにこちらは腕と目をふさがれて、抵抗もままならない。まさしく必殺技です。発案者は、よほど根性の悪い人間なんでしょう」

笑えないジョークにカチンときて、皮肉屋の頭を小突いてやる。

「痛っ、なにするんですか。こっちは被害者なんですよ」

「いまさら、ひとつくらい怪我が増えても問題ねェだろ。その哀れな被害者に、なんで鷹沢が映像を託すんだよ。理屈がおかしいじゃねェか」

包帯の上から傷をそっと摩りながら、海江田は「彼は慧眼ですよ」と答えた。

「たとえ自分を傷つけた敵であっても、真実を探究するためなら誘いに乗る……そんな私の性格を見ぬいたんでしょう。だが……」

そこまで言うと、海江田はソファーに座りなおした。

「その慧眼こそが彼の弱点でもある。鷹沢さんはすこぶる賢しい反面、あまりにも頭が良すぎて何十手も先を読んでしまう。起こってもいない未来を想像し、愚かしい推論に囚われてしまう。未来は読むものではなく、みずから生みだすものだということを彼は忘れているんです。だから、このままでは」

「自分もろとも、すべてを破壊する」

最後の科白を代弁してやる。視界の端に、無言で頷く横顔が見えた。

「……止める手立ては、救う手段はねェのか」

「それは私の仕事じゃない」

海江田がこちらを向き、明瞭な声で告げた。

「私はスクープを漁(あさ)るハイエナだ。社会の悪は暴けても、誰かを救うことはできない。あの人を救うのは、彼の痛みが分かる人間……プロレスラーの役目です」

海江田が立ちあがり、ポケットから一枚のメモ用紙を取りだして俺に差しだす。

「鷹沢さんのひとり娘、理恵さんの住所と連絡先が書いてあります」

「会ったのか」

「会いません。会えません。会うべき人間は私じゃない」

逃げるなと言わんばかりに、海江田がメモ用紙を無理やり俺の手に握らせる。

「……取材を肩代わりさせる気かよ。まったく、人使いの荒いジャーナリスト様だ」

「治療費と相殺してあげますよ。悪い話じゃないでしょう」

冗談とも本気ともつかぬ科白を吐き、海江田がソファーから立ちあがった。こちらを見下ろす表情からは、先ほどまでの皮肉めいた笑みが消えている。

「あなたと鷹沢さんの試合……ジャーナリストとして、ひとりの友人として、しっかり見届けます。だから藤戸さん、勝ってください。あの人を、再生してください」

海江田が深々と頭を下げた。反応に窮して、逃げるようにメモ用紙へ目を落とす。

西日本の住所が書かれているその紙は、片隅にイラストが印刷されていた。

風に揺れる、可憐(かれん)な花の絵だった。

3

「お久しぶりです！」

快活な声に振りかえると、鷹沢理恵が背後に立っていた。

再会を囃すように、海のかなたから潮風が吹きぬける。薄黄色のスカートをふわりと風に踊らせてから、親友のひとり娘は頭を下げた。

すっかり大人の風貌になっていることに驚きつつ、あたふたとお辞儀をかえす。

二年前は、あどけない顔に俺への憎悪をありありと浮かべていたあの娘が、なんとも穏やかな表情をしている。否――穏やかではないのか。もしや憂いているのだろうか。

父のことを。父だった人のことを。

「……せっかくだから、そこらの店にでも入って話そうや」

一方的に提案し、返事も待たず港沿いの遊歩道を歩きはじめる。

面と向かって言葉を交わすのが妙に照れくさかった。なにから切りだせばいいものか分からずに「独り暮らしはどうだい」などと、愚にもつかないことを訊いてしまう。

「それなりに楽しくやってます。あ、でも大学の課題で忙しくて、食事はもっぱらコンビニで済ませています。母親に怒られるので、これは秘密にしておいてくださいね」

悪戯っぽい微笑に安堵し、思わずこちらの顔も綻ぶ。

このままなにも訊かず、なにも知らせずにおくべきか——笑顔を前に、そんな考えが頭をよぎる。目の前の娘をいたずらに巻きこみ、傷つけ、苦しめるくらいなら、独りですべてを抱えたほうが正しいように思えてしまう。

答えが出ないまま、俺は理恵とならんで歩き続けた。

波の音が轟くたび、かすかな海風が吹く。シーズンオフなのか砂浜に人の姿はなく、港にならんだちいさな漁船が静かに揺れているばかりだった。爽やかさと寂しさが同居した風景に、理恵はよく似合っているような気がした。

まもなく、百メートルほど先にシーフードレストランの看板が見えた。

「あの店にするかい。なんでもご馳走するぜ」

そう言って足を速めたと同時に、理恵が立ち止まった。

「父のことですよね。それで、ここまで来たんですよね」

「……ああ、そうだ」

言いよどむ俺を代弁するかのごとく、海鳥の群れが鳴きながら頭上を飛んでいく。

「あいつァ、家族と離れて暮らす選択をしたそうだな」

無意識に「離婚」という単語を避けてしまう。けれども、父譲りで察しの良い娘は「正式に離婚してはいないんです」と、きっぱりした口調で答えた。

「私たちに迷惑をかけまいとしているんでしょう。母がいまも説得しているんですが、本人の意思が固くて……あそこまで頑固だとは思いませんでした。もっとも、母からは〝あなたとパパってそっくりね〟って言われますけど」

理恵が無理やり笑みを作る。その健気さが、父親によく似ていた。

「俺と……試合をすることは知っているかい」

「母は反対してます。私は……よく分かりません。答えが出ません。でも、でも！」

悲痛な叫びとともに、理恵が正面を向いた。

向かい風が走る。波が、心がさざめく。

「信じてください。たしかに父は〈破壊屋〉を名乗り、すべてを壊すと高らかに言った……でも、いたずらに誰かを傷つけるような人ではないんです」

「大丈夫、分かってるよ」

分かっていた。とっくに気づいていた。理恵との会話で確信に変わった。

病室での自嘲めいた独白。記者会見で流れた、過剰なほどの悪役ぶり。あれは世界に対して放たれた呪詛ではない。自分に向かって振るった、自傷のための刃だ。

仮に俺との試合を終えても、鷹沢は一般人を襲わないだろう。心からすべてを憎んでいたならば、初手から素人を襲ったはずだ。一連の言動は、まわりくどい弁明なのだ。あるいは緻密に練られた言い訳。むしろ、照れ隠しの遺言というのが正しい表現かもしれない。

遺言――つまり、あいつの真意は。

理恵が目尻に涙を浮かべ、さらに訴える。

「父は〝選ばれた人間しかリングにあがってはいけない。自分にはその資格がない〟と思っているんです。だから、もう一度試合をするには、観客が敗北を心から願うほどのヒールになるしかない……そう自分に言い聞かせているんです。それほど、プロレスが好きなんです。たった一度でいいから試合がしたい……そう願っているだけなんです」

たった一度。それが引退という意味でないのなら。

「父が〈掃除屋(クリーナー)〉ではなく〈破壊屋〉の名前を選んだのは、自分を壊してほしいから。あの人は、リングの上で伝説になるつもりなんです」

あなたとの試合で死ぬ気なんです。

「そんなこたァ、絶対に」

「させないでください」

理恵が拳を目の前に突きだした。その手には、一輪の花が握られている。

造花ではない。本物のカーネーションだ。

ならば、これは彼女の母、鷹沢の妻の願いでもあるのか。

「藤戸さん、あなたに依頼します。父と一緒に、生きてリングを降りてください。伝説になろうとしている馬鹿な父を、生身の人間に再生させてやってください」

「……まさか〝おなじ科白を吐こう〟と、全員で示しあわせたわけじゃねェよな」

「え」

「いや、こっちの話だよ。偶然にしちゃあ、やけに運命じみた言葉に驚いただけだ」

受けとった花をしげしげと眺める。

「これで二本め……いや、三本めか。鷹沢、お前ェさんは愛されてるな」

潮の流れが変わった所為か――いつのまにか、向かい風が追い風になっていた。俺の背中を激しく押し、前へ進めと言わんばかりに叩いている。

分かっている。とうに覚悟はできている。逡巡も畏怖も、もはや風のかなただ。

「理恵ちゃん」

つまんだ花を胸のポケットへ差し、理恵に問う。

「俺を……いや、親父さんを、親父さんが大好きなプロレスを信じてくれるか」

「……はい。もちろんです」

親友の娘は、その日いちばんの笑顔を見せて頷いた。

4

「……ええか、笑顔やぞ。試合が終わったら、リングの上でスポンサーとゲストの芸能人から満面の笑みで花束を受けとるんやぞ。それが済んだところでマイクを渡すから、花道と反対側のカメラに向かって三分間でスピーチを終えてくれ。放送時間の都合もあるから三分を超えたらアカンで。そのあとにはテンカウントのゴングや。十回鳴ったらテーマ曲が流れる。そこでオマエは手を振りながら花道を……」

「分かってるよ、うるせえな！」

声を荒らげて石倉の説明を遮る。俺の怒号に驚き、控え室の面々がこちらを向いた。

「こっちは試合前なんだぞ、ちったァ集中させろ」

憤る俺を上目遣いで眺めながら、石倉が「そないに言うなや」と弱々しく漏らした。

「こんだけの舞台を用意するのに、ワシがどんだけ奔走したと思っとんねん」

「いや……そりゃまあ、お前ェさんの大変さは理解してるけどよ」

あまりの殊勝な顔に、つい苦笑してしまう。

たしかに、石倉が駆けずりまわってくれたおかげでテレビ局も決まり、スポンサーも獲得できた。おまけに観客は満員御礼らしい。

もっとも安心するのはまだ早い。本番はこれからだ。三万人収容の会場とあって運営の慌ただしさも桁違いになる。他団体からもスタッフが派遣されているものの、運営を一身に取りしきる石倉の苦労は並大抵ではないはずだ。

「タコ助、ありがとな。お前ェさんが今日の影の主役だよ」

感謝の言葉に、石倉が気球そっくりの頭を掻く。

「そう思うんやったら、すこしは協力してくれ。主役のオマエはまるで耳を貸さんわ、おまけに相手は……」

そこで口籠ると、石倉は控え室のドアを見つめた。扉を出た廊下の向こう――別室で待機しているはずの鷹沢雪夫を幻視しているのだろう。

スタッフによれば、鷹沢は一時間ほど前に会場入りしたらしい。もっとも、その姿を見た者はひとりもいない。レックスやリュウトをはじめ、警護役らしき男たち数名が厳重にガードしており、彼の控え室には誰も入れないのだという。

「ホンマに来とるんやろな。引退試合の相手がドタキャンなんて洒落にならんで」

「大丈夫だ。あいつァ絶対にリングへあがる」

「だとしても、まともな試合になるんかいな。だって……」

「だから心配すんなって、こちとらプロだぜ。相手がどんなコンディションでも、客が喝采を送る試合にしてやるよ」

「むしろ、俺はオッさんのコンディションが心配だけどな」

俺の手に氷嚢を当てながら、根津が口を開いた。今日は俺のセコンド役として、会場入りからこのかた、甲斐甲斐しく世話を焼いてくれている。

「本当に怪我は問題ねえのか」

「ああ、もうすっかり平気だ。このアイシングも、念のための処置だよ」

嘘だった。

レックスたちに襲われた怪我はいまも治っていない。指の腫れはいっこうに引かず、肋骨や背中の痛みも日を追うごとに増している。

しかし、ここで退くわけにはいかない。

俺のため、親友のために、いまも仲間が闘っているのだから。

控え室の壁に据えられたモニタへ目を遣る。今日の大会はテレビ中継されており、その模様が場内にも配信されていた。

画面にはちょうどセミファイナル、謎の外国人タッグの入場シーンが映っていた。

悠々と闊歩するレックス・バートン、その背後をリュウトが気怠そうに歩いている。

リングの上では、大切な仲間——那賀と骸崎がすでに黒船を待ちかまえていた。

じっくり観戦しようと、痛む膝を押さえながら画面へ近づいた直後、控え室のドアが開き、今回の中継でディレクターを務める卯堂慎吾が顔をのぞかせた。口約束を信じた卯堂は、テレビ局の上層部を説得して放送権を獲得したのだという。どうやら視聴率がめあてではなく、本当に根っからのプロレスファンだったらしい。

「藤戸さん、そろそろ入場の準備をお願いします」

「おう、この試合が終わったら行くから待ってな」

「いやいやいや、この次が藤戸さんの出番なんですって。立ち位置の打ちあわせとか、いろいろ遣るべきことが山積みで」

「卯堂、今日の試合は全部俺がブッキングした。だから俺ァ、全試合のなりゆきを見守る義務があるんだよ」

困り顔の卯堂を脇に据えたまま、俺は再び画面に目を向けた。

対戦カードの手配――いわゆるブッキングは、団体の担当がワンマンで決めることもあれば、合議制を採用しているところもある。大相撲でいえば親方や審判部長が事前に集まって取り組みを決めるようなものだ。今回は俺にブッキングを一任させてもらった。表向きは「自身の引退試合ゆえ、夢のカードを編成したい」という名目だったが、真の目的は別にあった。

試合そのものが、壮大な仕掛けなのだ。

〈破壊屋〉として乗りこんでくる以上、鷹沢サイドもなにかしらの策を練ってくるのは明白だった。ならばこちらも、対抗策を講じなければ勝てるはずがない。そこで俺は、大会そのものを鷹沢打倒の秘策に選んだのである。

しかし、その秘策が成功するかは俺も半信半疑だった。選手に賭けるしかなかった。

だが――現在までの試合を見るかぎり、失敗はしていないように思えた。


第一試合は女子プロレス団体《フローラ》の流星ミコトと毒蔵ユミが、女子最大手である《ＨＩＭＩＫＯ》のベテラン選手ふたりと闘うタッグマッチだった。

世間一般では元アイドルの女子レスラーとしてそれなりの知名度を誇るミコトだが、プロレスファンの評価はいまなお総じて辛い。異業種から転向してきた選手は、普通のレスラー以上に試合内容が問われる傾向が強いからだ。

それは選手とておなじである。憧れのプロレスラーになるために血反吐を吐くような努力をしてきた自分が、最初から下駄を履かされた選手に負けるわけにはいかない――そんなプライドが、自然と試合を過激なものにする。

あんのじょう、試合は序盤から一方的な展開になった。ミコトはエルボーにキック、フライングボディアタックと全身全霊でぶつかっていったものの、どの技もベテランの牙城を崩すにはいたらない。たちまち反撃され、パートナーの毒蔵ユミにタッチをする暇さえ与えられずに嬲られ続けてしまった。

潮目が変わったのは、ゴングから十分が過ぎたころだった。ユミがレフェリーの目を巧みに自分へ向け、そのあいだにパイプ椅子をリングに滑りこませたのである。

すかさずミコトがパイプ椅子を取りあげ、振りかぶったその瞬間——。

「アイドルが凶器かよ、情けねえな！」

声援が止んだ一瞬の隙をついて、ファンが野次る。その声を聞くなり、パイプ椅子を放りだすと、ミコトがリングを降りて実況席に詰めより、マイクをひったくった。

「……情けなくても良いじゃねえか！　あたしは聖人であるより人間でいたいんだよ！　人間である以前にレスラーでいたいんだよ！」

どこかピントのズレた、けれども妙な説得力のある科白に、会場から拍手が起こる。

その後は、凶器を駆使したラフファイトでミコトとユミが反撃に転じ、それをベテラン選手がテクニックで応戦するという白熱の攻防を迎えた。

結局、ミコトが大技を立て続けに食らいスリーカウントを取られてしまったものの、結成まもないタッグチームは爪痕をしっかりと残していった。おそらく、観客の多くは女子プロに対する固定観念を覆されたはずだ。

第二試合には、アンデッド仁王原のシングルマッチを用意した。

こちらも認知度こそ抜群だが、相手が凡百の選手ではいつもの冴えない試合になってしまう。そこで俺は対戦相手に仁王原の古巣《ネオ・ジパング》の後輩、尾崎レッドを当てがったのだ。

若手時代は華麗な空中殺法で人気を博した尾崎だが、膝の負傷で長期欠場してからはクラシカルなレスリングスタイルに転向。それが逆にファンの心を掴み、いまや名実ともにエースとなって、団体のみならず業界を牽引している。

そんな後輩を前に、さすがの仁王原も真剣勝負に徹する——と思いきや、そうは問屋が卸さなかった。アンデッドは普段のスタイルを頑なに守り、相手をおちょくるようなファイトを繰りかえしたのである。もちろん、尾崎がおふざけにつきあうはずもない。おかげで開始から五分が経つころには、目に見えてスタミナ切れを起こした仁王原を、一方的に尾崎が痛めつける展開となっていた。

だが、それでも仁王原は死ななかった。汗だくでふらつき傷だらけになりながらも、瀕死の状態でコミカルな技を繰りだした。

やがて——はじめは失笑していた観客が、次第に仁王原へ声援を送りはじめた。

拍手はどんどんと数を増し、しまいにはドロップキックを食らっても倒れずに踏ん張った際は、俺も驚くほどの歓声が会場に轟いた。

最終的に、尾崎の十八番である変形の逆エビ固め〈サラブレッド・ロック〉で負けはしたものの、その闘いぶりは観客のみならず対戦相手の心にも響いたらしい。リングを去るまぎわ、尾崎は再戦を促すように人差し指を立ててから花道を去っている。

とはいえ、単なるハッピーエンドで終わらせないのが仁王原流だ。第二試合、しかも敗者だというのに彼はマイクを要求し「おう、おう。俺は不器用な人間だ。でもな、そんな人間だって、リングを死に場所に選ぶ権利はあるんだ！」と、ひとくさり演説をぶってからリングを降りた。

第三試合はトルネード・ノブナガ率いる《やまびこプロレス》の六人タッグマッチ。軽快な空中殺法と手堅いグラウンドの攻防は「実力のある選手がメジャー団体以外にも存在する」と観客へ知らせる目的を充分に達成してくれた。

第四試合は《XXW》の若手、葛城アキラの試合を組んだ。過去に俺が〈清掃〉した青年も、いまや団体トップを狙う実力派として人気を集めている。対するはデスマッチ団体《BBB》の若手、宇和島俊。キャリアはアキラに劣るものの、先日おこなわれたバトルロイヤルの優勝で自信をつけた宇和島は、がむしゃらな闘志を剝きだして果敢に挑み、ついには観客から「宇和島コール」を引きだした。むろん敗北はしたが、人目も憚らず号泣しながら去っていく姿は、会場にいる全員の胸を打ったことだろう。

そして、まもなく第五試合、セミファイナルのタッグマッチがはじまる。

先に仕掛けたのは、骸崎だった。

先発を買って出たリュウトを牽制するように、飛び膝蹴りをはなつ。攻撃をすばやく躱し、リュウトが蹴りを腹部に見舞った。鞭のようにしなる足が、骸崎にヒットする。

痛みに顔をしかめながら〈捕食者〉が後退し、自軍の那賀とタッチを交わす。すかさずリュウトもレックスと交代する。

巨体ふたりはリングへ入るなり、中央で激しくぶつかった。手四つに組んでの力比べから、腕や足を奪いあうチェーンレスリングへ移行する。知恵の輪よろしく、ふたりが目まぐるしく攻防を入れ替える。一分ほどが過ぎてようやく距離をはかったと同時に、客席がどっと沸いた。

入場時に余裕を見せていたレックスの顔から、笑みが消えている。〈破壊屋〉軍団として相手を完膚なきまでに叩き潰し、鷹沢の試合に弾みをつける予定だったのだろう。しかし、相手は〈掃除屋〉仕込みのふたりである。容易に勝てる相手ではないと即座に判断し、気持ちを切り替えたのが顔つきからも窺える。

試合は混迷をきわめていた。選手四人が目まぐるしく入れ替わり、惜しみなく大技を相手に見舞う。格闘技仕込みのキック、アマレス流のバックドロップ、パワーを活かしての弾丸タックルに、ブラジリアン柔術を彷彿とさせる難解なサブミッション。

ふと——日本人タッグに注がれていたエールが、いつのまにか聞こえなくなっていることに気がつく。否、聞こえないのではない。多くの観客が、レックスやリュウトにも声援を送っているのだ。四人の名前が混ざりあい、混沌とした歓声を生んでいるのだ。

彼らの素性を観客はまったく知らない。それなのに声を枯らし、健闘を讃えている。

雄弁な肉体、饒舌なファイト。若手時代は、自分も鷹沢とこんな試合をしていた。

と、隣に立つ卯堂が「この試合を観てると、なんだか思いだしますよ」と頷いた。

「自分がはじめてプロレスを観た、子供時代の記憶がよみがえりますね」

先ほどまで入場を急かしていたくせに、いまはすっかりとモニタに見入っている。思っていた以上に、生粋のプロレス好きのようだ。

「五、六歳のときに、夕方のテレビでたまたま放送していたんですよ。リングの上で、男ふたりが裸同然の姿で闘っている姿に驚きましてね。ルールはおろか選手の名前さえ知らないのに、なんだかとても興奮しちゃって。そこで気づいたんです。この人たちは闘いながら語っているんだ。自分の情熱を、執念を、生きざまを、対戦相手に、そしてお客さんに伝えているんだ……それで、放送が終わってすぐさま選手のプロフィールを調べて。それから現在に至るまで、僕はあの選手ふたりの大ファンなんです」

「ずいぶん幸せなレスラーだな。いったい誰だい」

「ピューマ藤戸と鷹沢雪夫です」

潤んだ目で、卯堂がこちらをまっすぐ見据えた。

喧騒が消える。胸が詰まる。お前は間違ってなかったと誰かが言っている。

「……お前ェさんも、最後を見届けるためにこの場へ来たひとりだったんだな」

ようやくそれだけを言って、モニタへ向きなおる。

リングの上では、四人が笑っていた。顔を腫らし、痛む腕を押さえながら、那賀も、骸崎も、レックスも、リュウトも、みな笑顔を見せていた。

中央で睨みあったレックスと骸崎が、なにごとかを呟いている。それに気づいた撮影クルーが、集音用のガンマイクをリング内へ近づけた。

「壊すのも愉しいが、壊されるのも気持ちいいもんだな」

「分かるぜ、俺も二年前に通った道だ」

「また、闘ってくれるかい」

「当然だ、俺たちはプロレスラーだぜ」

ふたりが組みあう。歓声が轟き、観客の足踏みが地面を鳴らす。

「あの、藤戸さん」

鼻を啜っていた卯堂が、腕時計とこちらを交互に見ながら囁いた。

「そろそろ、エントランスへの移動をお願いします。勝敗は気になるかと思いますが、さすがに時間が……」

「ああ……もう勝ち敗けは関係ねェ。あいつらは、ちゃんと未来になった」

あとは、過去を葬るだけだ。

ゆっくり立ちあがって廊下に出ると、俺は入場口へ歩きだした。

眩い光が、視線の先に広がっている。

5

それは、あまりにも異様な静寂だった。

いよいよメインイベントが始まるというのに、今日の主役である俺はすでにリングへあがっているというのに、会場は森閑としている。お喋りはおろか囁き声のひとつ、咳ばらいさえ聞こえない。観客、セコンド、リングアナ、スタッフ——会場にいる三万人すべてが固唾を呑み、息を殺し、対戦相手の登場をじっと待っていた。

鷹沢雪夫は本当にやってくるのか。リングへあがれるのか。試合ができるのか。

そんな不安と期待が交錯し、この場の全員を無言にさせていた。

「まったく……どいつもこいつも、誰の引退試合か忘れちまってんじゃねェのか」

コーナーポストへ寄りかかったまま、独りごちる。

俺の隣に立つレフェリーの徳永慎太郎は、入場口を見つめたきりでなにも答えない。

二年前に引退した《ネオ・ジパング》の大先輩だが「引退試合を裁いてほしい」という無茶な依頼を快諾し、今日はワンマッチ限定で復帰した。若手時代の俺たちふたりを、そして鷹沢雪夫が昏睡状態に陥った〈あの日の試合〉を間近で見ていた彼にとっても、今日の一戦は特別な意味を持っている。

静寂のなか、時間だけが過ぎていく。

と、ふいに入場口のあたりで悲鳴が聞こえた。まもなく叫び声はどよめきに変わり、あっというまに波よろしく広がって会場全体を包みこんだ。

あらわれたのは――棺桶だった。

黒いブーケに身を包み、漆黒のフードを被った数名の男が、重厚な造りの棺桶を肩に担ぎ、しずしずと花道を歩いてくる。黒の一団を照らしているのは無色のスポットライトのみで、入場曲の類も流れていない。飾り気の失せた無音の行進が、禍々しさにいっそう拍車をかけている。

死神然とした風貌の男らのなかでも、とりわけ先頭のふたりは屈強な身体つきをしていた。フードで顔こそ分からないものの、レックスとリュウトと見て間違いないだろう。

だとすれば、あの棺桶に入っているのは鷹沢か。

まさか、あいつはすでに死――。

かぶりを振って不吉な想像を打ち消す。杞憂だ。考えすぎだ。単に、外連味のある演出でこちらを威しているだけだ。悪党を、怪奇派を気取っているだけだ。

「やれやれ……掃除屋から破壊屋に鞍替えしたと思ったら、今度は葬儀屋かよ」

おのれを鼓舞するように嘯き、リングサイドへ辿りついた死神軍団を睨めつける。

セコンド役を務める若手選手が、戸惑いの表情を浮かべながらセカンドロープに腰を下ろし、片手でトップロープをあげて隙間を作った。黒衣の男たちが棺桶を担いだままロープを潜ってリングに入ると、巨大な棺を青コーナーへ斜めに立てかけた。

外国映画で目にするような、細長い六角形の棺桶だった。頭部の部分が広く、反対に足元は狭くなっている。いまにも吸血鬼が出てきそうな雰囲気に圧されたのか、リングアナもレフェリーも近づこうとはしない。

と、死神姿のひとりがリングアナへ近づくや、耳許でなにかを囁いた。リングアナが戸惑いを隠さず俺を一瞬見てから、意を決した様子でマイクを握りなおす。

「……青コーナー。身長体重、非公開。た、鷹沢雪夫ぉ！」

まばらな拍手が響く。みな、困惑を拭えずにいるのだろう。

リング下へ去っていく黒衣の群れを見送ってから、徳永がこちらへ視線を向ける。

「ヒョウ、どうする。棺桶を開けなきゃボディチェックすらできねえぞ」

「俺ァ別にかまわねェよ、さっさと試合をはじめてくれ」

ぶっきらぼうに告げるなり、リングサイドに待機している根津が吠えた。

「おいオッさん、油断するなよ」

その隣には、試合を終えたばかりの骸崎や那賀、生傷だらけの顔が痛々しいミコトも立っている。驚いたことに仁王原もいつのまにかセコンドに陣取っていた。臆面もなく仲間を気取るさまはなんとも可笑しかったが、いまは笑う余裕などない。

「ヒョウ、こいつの言うとおりだ。相手が〈破壊屋〉だってことを忘れんじゃねえぞ」

トレーナー面で注意を促す仁王原に、片手を挙げて応える。

分かっている。感慨に浸りながら勝てるなどとは思っていない。なにせ相手は、闇に堕ち、闇に呑まれた男なのだ。世界を暗黒に塗りつぶそうとしている男なのだ。

「闇だの暗黒だのと鬱陶しいんだよ、蝙蝠野郎め」

弱気を蹴散らすように、棺桶を睨んで吐き捨てる。

覚悟しろ、眩い光の下に引きずりだしてやる。

降りそそぐライトを見あげると同時に、ゴングが鳴った。


金属音が高い天井にこだまし、長い余韻を響かせる。

さながら追悼の鐘、まるで生前葬だ。

否——本当に生前なのか。もしや鷹沢は、すでに——。先ほどの不安が再び胸をよぎる。

あいかわらず棺桶の蓋はぴたりと閉じられており、動く様子はない。

「……上等だ、こっちから仕掛けてやるよ」

臨戦態勢を取りながら、青コーナーに近づいていく。包帯だらけの指をおそるおそる伸ばし、分厚い棺桶の蓋を摑むと、ひといきに剝がした。

重い音を響かせて蓋がマットに倒れるや、会場が再びどよめきに包まれる。

棺にみっしり敷きつめられた無数の花——その中央に。

鷹沢雪夫が埋もれていた。

〈最後の対戦相手〉は硬く目を瞑り、両手を胸の前で組んでいる。

肩まで伸びた長髪と顔を覆う髭は、さながら夜の到来を待つ吸血鬼を思わせた。血の気の失せた青白い顔が、怪しい印象をなおさら際立たせている。

驚きのあまり、ファイティングポーズを解いて目を凝らす。

蒼白の顔面はメイクなのだろうか。それとも、本当に。

「……おい、嘘だろ。悪い冗談だろ」

体温をたしかめようと無意識に歩みより、頬に手を伸ばす。

「バカ野郎、罠だ！」

仁王原が叫ぶ。

次の瞬間、鷹沢が両目をかっと見開いた。

直後——目の前が真っ赤に染まり、顔面を激痛が襲う。

悶絶しつつ、なにが起きたのか把握しようと頭を働かせる。この痛みは打撃や関節技ではない。自分は、この痺れに似た独特の感覚を知っている。これは——。

「毒霧だ！　鷹沢が口に含んだ毒霧を発射したッ！」

俺の内心を代弁するかのごとく、実況席の新館が絶叫した。

なるほど、この手があったか。棺に納まっていれば、みずから動く必要はない。おまけに毒霧なら、相手が近づいてきたところを確実に狙える。なんとも狡猾な作戦だ。

策士ぶりに心のうちで喝采を送った刹那、太い指が俺の髪を鷲掴みにした。鷹沢が手首を捻って無理やりこちらの身体を反転させ、そのまま自身の胸許まで引きよせる。

しまった、背後を取るのが狙いか——歯噛みした瞬間、両腕が首に絡みつく。

スリーパーホールド。がっちり極まれば、どれほど鍛えた人間でも数秒で失神する、まさに一撃必殺の絞め技だ。なるほど、これなら上半身の力だけで相手を倒せる。

とっさに顎を引いて気道を確保し、腕の隙間に指をねじこんで頸動脈を守る。

辛うじて瞬殺こそ免れたものの、腫れあがった指はまともに力が入らない。おまけに息を吸うたび肋骨が疼き、意識とは無関係に顔が歪む。

待てよ——もしや、あの襲撃も作戦のうちか。鷹沢の意図を悟り、感嘆する。

自称〈破壊屋〉は、この展開を予見して、あらかじめ手下どもに俺を襲わせたのだ。おおかた俺が最後の対戦相手に指名することも想定の範囲内だったのだろう。

こちらの戦慄に気づいた鷹沢が「前にも言っただろ」と、ほくそ笑む。

「お前は俺の掌の上で暴れているに過ぎないんだよ。ピューマ藤戸を一躍有名人にした毒霧で倒される……なかなか粋な趣向だとは思わないか」

「なにが粋だよ、この野郎。こういうなァ悪趣味って言うんだ」

　なんとか声を搾りだして軽口を叩いた直後、額に鋭い痛みが走った。生温かい液体が瞼をつたって視界を覆い、さらに赤色を濃くしていく。

　毒霧の次は凶器攻撃か――痛む目を無理やりこじあけて確かめると、左手に握られているハサミが見えた。病室で手紙を開封していた、あのハサミだ。

「ずいぶん手近なブツで済ませたもんだな。ファンが泣いてるぜ」

「……本当に口の減らない男だ」

　止まぬ挑発が癇に障ったのか、鷹沢がハサミを再び突きたてた。

　二度目はさらに荒々しい。刃先を乱暴に掻きまわして傷口をえぐる。ひとすじ垂れていた血の糸がたちまち赤い太帯となり、顔を真紅に変えていった。

　口のなかへ血が流れこむ。吐きだそうと試みたものの、上手く息が継げずに弱々しく咽せるばかりだった。視界も呼吸もままならず、酸欠と貧血で頭が朦朧とする。

「まさに青息吐息だな、藤戸」

　窮状を察した〈夜の使者〉が、耳許で囁く。

「苦しいだろう、限界だろう。いいかげん、楽になりたいだろう」

〈死神〉の誘惑。俺はなにも答えなかった。

　沈黙を肯定と受けとったのだろう、悪友が肩を揺すって笑う。

「毒霧で汚され、凶器で血まみれになり、反撃もままならず絞め落とされる……有終の美が台無しだな。どうだい、俺は史上最高のヒールだろ」

勝利を確信し、鷹沢が自画自賛する。

その愉悦に満ちた声を聞きながら、血まみれの俺は――内心で微笑(ほほえ)んでいた。

よし、予想どおりの展開だ。

棺桶と毒霧はさすがに驚いたが、自由の利かない身体を利用しての暴虐なファイトに転じるであろうことは想定済みだった。そしていま、鷹沢は策を出し尽くした。

だとすれば、風向きを変える好機はいましかない。

深く息を吸ってから――俺は、これみよがしに大声で笑ってやった。

「どこが最高なもんか、いかにも新人が思いつきそうな三流の作戦だぜ」

予想外の科白に、鷹沢の動きが止まる。

「新人……だと。どういう意味だ」

「デビューから昏睡状態に陥るまで、およそ一年。つまり、お前ェはキャリア一年目のド新人じゃねェか。何千試合とこなしてきたロートルを舐(な)めんじゃねえぞ、この野郎。どれほど賢くても、青二才の浅はかな謀略なんざ最初からお見通しなんだよ」

「嘘をつくな。この周到な計画を見抜けるはずなど……」

「ねェと思ってんのかい、心底オツムのあったけェ坊やだな」

動揺する悪漢を鼻で笑う。

さて、これで用意は整った。

ならば――あとは賭けるしかない。奇跡を祈るしかない。

全力で闘った選手たちを、その勇姿を見届けた観客を、信じるしかない。

「頼んだぜ、プロレス」

瞑目(めいもく)して静かに呼吸を整え、来たるべき瞬間をじっと待つ。

そして――ほどなく、そのときは訪れた。

「……鷹沢、絶対に腕を離すなよ！」

「あきらめんじゃねえぞ！　どんな手を使っても勝て！」

「藤戸の引退試合じゃねえ、これはお前の復帰戦だ！」

観客がひとり、またひとりと声を張りあげる。まばらだった絶叫が、次第にその数を増やし、ひとかたまりの声援へと変わっていく。

と――ひとりが鷹沢の名を連呼しながら、手拍子を叩きはじめた。

「タッカザワ！　タッカザワ！」

瞬く間にエールが拡(ひろ)がり、リズムが浸透していく。気がつけば、いつしか会場全体が鷹沢コールに包まれていた。

「……なぜだ、なぜ俺の名前を呼ぶんだ」

鷹沢が、声を震わせながら観衆に訴える。

「俺はいま、お前らが大好きなピューマ藤戸のラストマッチをブチ壊しているんだぞ。憎むべき人間なんだぞ。ヒールなんだぞ。なのに、どうして声援を送るんだ」

手拍子が鳴るごと、膠着した身体から力が抜けていく。

「タッカザワ！　タッカザワ！」

「うるさい！　止めろ、応援を止めろ！」

堪らず〈吸血鬼〉が棺桶から身を乗りだすと、俺の肩へ寄りかかるようにして客席へ首を伸ばした。スポットライトに照らされた顔が紙よりも白い。化粧の所為ばかりではあるまい。首に絡んだ腕もすでに力を失い、もはや抱きしめているに過ぎなかった。

「さてはお前ェ、今日の試合をひとつも観てねェな。棺桶でオネンネしてたんだろ」

抱擁されたままで問う。背中から返事はない。

声が届いていると信じ、俺は言葉を紡いでいく。

「佳い試合ばかりだったぜ。誠実なラフファイトに、真剣なコミカルマッチ。相手を信じて危険な技を食らわせ、おのれを信じて怪我も顧みずに宙を舞う選手たち。なにもかも矛盾していて、そのくせ真っ正直な競技。野蛮で華麗な、無骨で繊細な、不器用で緻密な闘い……つまり今日の試合は人間そのもの、剝きだしの生きざまを魅せる〈志合〉だったんだ」

「志合……」

レフェリーの徳永が、若手時代の俺たちふたりに贈った言葉。

それを聞いた刹那、親友の瞳が一瞬だけ色を変えた。憎悪の黒色でも、血の赤色でもない——古い写真のような回顧のセピア色が、目の奥で光った。

「今夜、観客は〝なぜ、自分はこれほどプロレスに惹かれるのか〟を実感したはずだ。弱くて強さを求めているわけでも、勝敗を知りたいわけでもない。人間が見たいんだ。弱くて狡くて情けないのに、強くて優しくてあきらめない……そんな人間の矛盾に惹かれて、自分はプロレスを観続けているんだ……みな、そのことに改めて気づいたのさ。だからこそ、薄っぺらな悪党を演じてでもリングへ戻ろうと踠いているお前ェに、惜しみない拍手を送っているんだ」

「……お前はそこまで予見して、そこまで観客を信じて、今日の試合を組んだのか」

「もちろんだ。客も、プロレスも……そして、お前ェさんも信じたんだよ」

悪の面が剝がれ、鷹沢が完全に脱力する。

「鷹沢、世のなかには自己満足のためにお前ェを憐れむ野郎も、目立つための踏み台に使い捨てる野郎もいるはずだ。だがな、その何倍、何十倍もの人間がお前ェさんを信じているんだよ。無様で惨めで格好悪い、見栄っ張りで臆病であきらめの悪い、ひとりの現役レスラーを愛しているんだよ」

背後の身体が小刻みに震えていた。笑っているのか——それとも。

「鷹沢、泣くのはまだ早いぜ。試合はこれからが本番だ」

そう言うと、俺はお辞儀よろしく頭を深々と下げてから、思いきり反動をつけて起きあがり、後頭部を鷹沢の顔めがけて叩きつける。

見舞ったこちらも目眩(めまい)がするほどの衝撃に〈死神〉が腕を離した。痛みを堪えて腕のあいだに手首を捩(ね)じこみ、絞首刑を解く。

「に、逃がすかッ」

鷹沢が反射的に俺の手首を摑んだ。

「逃げねェよ」

振りかえり、顔を見据える。

「なにがあっても逃げねェ、それがプロレスラーだろ」

十数年ぶりに好敵手と向きあう。一気に神経が昂(たかぶ)り、血が沸騰する。胸の奥で野獣が目を覚ます。一匹の老いた豹(ひょう)が牙を剝く。

さあ、今日で最後だ。たっぷりと味わえ。〈掃除屋〉の老獪(ろうかい)な技を。〈葬儀屋〉から受け継いだ魂を。〈破壊屋〉と名乗った覚悟を。

「講釈はここまでだ。あとは身体で教えてやる」

鷹沢の腕を無理やり引きよせ、今度は正面からヘッドバッドを見舞った。

石と石がぶつかるような鈍い音に、会場がざわめく。

「まだまだッ」

大きくのけぞり、再び頭突きを食らわせる。三度、四度、五度と立て続けに見舞う。

棺桶が軋む。花弁が飛び散り、はらはらと宙を舞ってマットへ落ちる。

「もうお終いか。だとしたら、やっぱり鷹沢雪夫は大したレスラーじゃねェな」

六度めを打とうと構えた瞬間、鷹沢が両手で俺の頭を鷲摑みにした。

その顔からは、先ほどまでの怯えがすっかり消えている。好敵手は、若手時代に見た猛禽類そっくりのまなざしに戻っていた。

「へえ、良いツラじゃねェか」

思わず呟いた直後、鷹沢の頭部が凄まじい速さで迫ってきた。

反撃の頭突き——鼻柱に電撃が走り、目から火花が散る。口のなかに鉄錆に似た味が広がり、砕けた歯のかけらが舌の上で踊った。

脳震盪でも起こしたのか、膝から力が抜けていく。崩れ落ちそうになるのをなんとか踏みとどまり、獣のまなこで正面を睨んだ。

鷹沢は額がぱっくり裂けていた。傷口から滴った血が鼻の脇をつたい、唇まで垂れている。その鮮血を舌でひと舐めすると、鷹沢は「この味だ」と微笑んだ。

「リハビリの苦痛とはまるで種類が違う、愉しい痛みの味だ。思いだしたよ……これがプロレスの味だったな」

「俺以上に口の減らねェ小僧だな。駄弁る暇があったら、さっさと噛みついてこい」

「もちろんだよ、このロートル野郎」

二度めの頭突きが顔のどまんなかに激突する。

脳が揺れて意識が遠のき、その場でたたらを踏む。不味い、このままでは昏倒する。

俺はとっさに鷹沢の頭へ腕をまわすと、そのまま全体重を乗せて首すじにエルボーを見舞った。顔の皮膚が波打つほどの激しい殴打に、鷹沢が棺のなかでよろめく。

終わりか——ふっと気が緩んだ次の瞬間、太い腕が俺の首を捕獲した。

互いの首根っこを掴む。逃げ場はない。逃げる気もない。

ならば、闘るべきことはひとつだ。

「行くぜ、鷹沢」

「来いよ、藤戸」

同時に言うなり、拳が炸裂した。

鷹沢が殴り、俺が肘を振る。猛禽が頭突きをかまし、猛獣が手刀を突き刺す。一拍と置かぬ攻防、一秒たりとも止まらぬ応酬。肉と骨のぶつかりあう重低音が絶えまなく、がつんがつんと場内に響きわたる。技術や華麗さと無縁の、意地と魂の連打が続く。

棺桶が軋む。花吹雪のなかに汗が飛び、血が散る。額、鼻、頬、顎、肺、指、肋骨。

全身が痛みのかたまりと化しているのに、俺も鷹沢も笑っていた。

どれほどの時間が経ったのか——申しあわせたように両者がそろって攻撃を止める。

歓声が爆発し、空気がびりびりと震えた。もはや観客は、どちらかを応援しているわけではなかった。プロレスに賛辞を送り、リングに賞賛を注いでいた。

「ひどいツラだな、お互い」

鷹沢が、腫れあがった顔を歪ませる。微笑んだ——のだろう。

「藤戸、すまんが限界だ。そろそろ俺を壊してくれ」

「ああ……お望みどおりブッ壊してやるよ」

死にたがりの性根をな。

鷹沢の腕を振りほどくと、俺は棺桶の背後にまわりこんだ。腰を落としてから、棺の側面へ腕を伸ばし、がっしりと抱きかかえる。

背筋に力をこめて歯を食いしばる。棺がわずかに浮いた。

「お、おい。なにをする気だ」

こちらの様子が見えない不安に、鷹沢が狼狽(ろうばい)の声をあげる。

「決まってんだろ、俺は〈破壊屋〉だぞ」

腕にいっそう力を入れた。指に稲妻のような痛みが走る。呼吸のたび、肋骨を激痛が襲う。頭痛、耳鳴り、裂傷、骨折、出血、呼吸困難。壊れていないのは、心だけだ。

ならば、いける。

「うおおおッ」

咆哮しながら棺桶を肩より高く持ちあげ、四方をたしかめた。

那賀、骸崎、石倉、羽柴、根津、ノブナガ、ミコト——セコンドにならぶ仲間の顔が滲んで見える。反対側のリングサイドでは、レックスとリュウトが祈りを捧げるように両手を組んでいた。客席に目を凝らすと、サトルが顔をしとどに濡らし号泣している。その隣では、鷹沢理恵が何度も頷いていた。

深く深く息を吸って——身体を弓なりに反らす。

「ジャーマンスープレックスだあッ！」

新館が絶叫するなか、視界が回転する。風圧、衝撃、振動。

弧を描いてマットに叩きつけられた棺桶が、派手な音を立てて粉々に砕け散った。

木片が、花が、血飛沫が、鷹沢が、スローモーションのようにゆっくりとした動きで宙を舞い、リングに降りそそぐ。すべてを洗い流す雨、破壊のあとに訪れる慈雨。

土砂降りのかなたに、白い光が見えた。天井に据えられたカクテルライトだろうか。

「眩しいなあ」

呟いてから、デビュー戦でもおなじ科白を口にしたことを思いだす。

あの日の夢を終わらせなくては。俺の手で、夢の扉を閉めなくては。

遠ざかりそうになる意識を奮って、よろめきながら身を起こす。

リングに散った花びらのなかに、鷹沢が仰向けで倒れていた。

肩で息をしながらマットを這いずり、フォールしようと覆いかぶさる。倍ほどに顔を腫らした親友が、俺の髪を摑んで顎を引きあげ、弱々しい拳で頰を打った。

無抵抗で殴られながら鷹沢を見おろす。大粒の血が垂れ、友の顔に赤い花が咲く。

花はいずれは散るけれど、春には再び咲きみだれる。破壊と、再生だ。

「……なあ」

呼びかけたものの、地鳴りのような歓声で自分の声さえ聞こえない。ディレクターの卯堂が慌てて指示を出し、スタッフがガンマイクをリングのなかへ差し伸ばした。

「なあ、鷹沢」

スピーカーから俺の声が流れ、会場は再び静寂に包まれた。

「どこまでも、いつまでも闘い続けようぜ。誰かの想いを背負っているかぎり、身体が壊れようが心が壊れようが、引退しようが命が尽きようが、俺もお前も永遠にプロレスラーだ」

闘い続けるかぎり、俺たちはレスラーなんだ——。

言い終えたと同時に全身の力が脱け、はからずもフォールの体勢になる。

徳永がすばやく寝そべり、マットを叩いてカウントを数えた。

「ワンッ、ツーッ！」

スリーの声を叫ぶより早く、俺は暗闇に落ちていった。

なに、聞かなくても分かるさ。

勝ったのはプロレスだ。最後の試合は、最高の志合だった——。

エピローグ

潮騒が轟く青空の下、港に敷かれた遊歩道のかなたから黒い影が近づいてくる。

こちらが手を挙げるなり、影――車椅子に乗っている鷹沢雪夫が大きく手を振った。

その背後では、娘の理恵が父を押しながら静かに微笑んでいる。

ようやく到着するや鷹沢が前のめりで腕を突きだし、力強く握手を求めてきた。

「まだ生きてやがったのか、元破壊屋」

「お前も元気そうだな、元掃除屋」

「どこが元気なもんか。お前ェさんとおなじ、くたばりぞこないの重病人だよ」

鷹沢親子が微笑む。呼応するように、波が大きくひと鳴りした。

あの日――リングで昏倒した俺たちふたりは、すぐに奈良の勧める病院へと救急搬送された。俺は眼窩底骨折と無数の打撲、おまけに治りかけの肋骨にも再びヒビが入り、全治まで三ヶ月を要した。鷹沢に至っては骨折や内出血に加え、内臓も損傷していたという。一時は生命さえ危ぶまれたらしい。

しかし、俺が退院するときには鷹沢の病室はすでに空っぽだった。

もっとも今回は脱走まがいの退院ではない。理恵の暮らす港町で、リハビリがてらに療養することが決まったのだという。なんでも、奈良の恩師がこの町の総合病院に勤めており、鷹沢の転院を快く引き受けてくれたのだそうだ。

そこで俺も退院後の筋トレを兼ねて、転地療養の見舞いへ赴いた——というわけだ。

「……ま、元気な姿が確認できてなによりだぜ。なんたって、あのときのお前ときたら死にたがりのドラキュラ野郎だったからよ。それがいまやサーファー気取りだもんな」

髪と髭をさっぱりと整え、すっかり小麦色に焼けた鷹沢の姿をからかう。あの陰鬱な相貌は面影さえ見あたらない。きっと、あのリングで完全に破壊されたのだろう。

壊されたなら、あとは再生するだけだ。

凪いだ海を見つめながら、そっと頷く。

「なあ、藤戸」

いきなり鷹沢が深々と頭を下げた。

「いろいろお前に押しつけてしまって、本当にすまなかった」

殊勝な態度に戸惑い、わざとらしく「まったくだよ」と茶化す。

「おかげで、石倉にはいまでもボヤかれるぜ。〝主役が救急搬送されてテンカウントのゴングも鳴らせない引退試合なんて前代未聞やぞ。おかげでこっちは、スポンサーから大目玉や。二度と引退試合なんか手伝わへんからな、このボケ〟だとさ」

俺の声真似(こえまね)を聞いた鷹沢が、愉快そうに笑う。

「じゃあ、石倉に〝今度は俺の復帰戦を仕切ってくれ〟と伝言を頼むよ」

すかさず理恵が「お願いだから伝えないでくださいね」と口を挟んだ。

「先生から〝一年は安静にしてろ〟と釘(くぎ)を刺されたのに、毎日〝復帰戦に向けて、早くリハビリがしたいんだ〟って聞かないんです。母も私も止めるのにひと苦労ですよ」

頬を膨らませる娘を、鷹沢が父の顔で「ちゃんと一年は大人しくするさ」と宥(なだ)めた。

「だが、その後は止まるつもりはない。絶対にもう一度、自分の足でリングにあがってやる。治療費だって印税でしっかり稼ぐつもりだ」

「そうか、カイエナとの共著がまた出るんだな。何冊目だい」

「次で四冊目だ。本当に転んでもただでは起きない人だよ」

「よく言うぜ、お前ェさんが転ばせた当人じゃねェか」

試合直後から、海江田は〈破壊屋〉に襲われた唯一の民間人として独占記事を連発、いまやプロレス界のご意見番として、確固たる地位を確立している。鷹沢の自叙伝『破壊王』もプロデュースしており、発売直後から売れ行きは好調らしい。

「まあ、後輩に語り継いでいくのも俺たちの役目だ。シリーズ百冊をめざして頑張りな」

冗談混じりで告げる俺に、鷹沢が再び頭を下げた。

「後輩と言えば、あのふたりの世話もお前に任せてしまった。申しわけない」

「ああ、レックスとリュウトのことなら心配すんな」

いまや一端のプロレスマニアを気取っている茂森サトルによれば〈破壊屋〉の動画は試合からほどなく爆発的に再生回数が増え、マスクマンの正体であるレックスとリュウトにも複数の団体から参戦オファーが届いているらしい。

祖父と父の雪辱を晴らしに来日した若者と、地球の裏側から憧れの国へとやってきた青年は、いずれも新たな道を歩きはじめたことになる。

そう、心配ない。彼らは未来だ。明日に咲く花だ。

ふと──疑問に思っていたことを思いだして〈元破壊屋〉に訊ねる。

「鷹沢……もしかしてお前ェさん、こうなることも見越して、あの若僧ふたりを仲間に引き入れたんじゃねェのか。まさか、これも計画の一環だったんじゃねェのか」

「……さあ、どうかな」

「鷹沢、やっぱりお前ェさんは、一流のプロレスラーだよ」

そうだと言わんばかりに潮騒が響く。どこか、あの日の拍手に似ている。

「藤戸、これからどうするつもりだ」

穏やかな海を見つめたまま、鷹沢が呟く。

「引退したからといって、大人しくテレビに出るタマじゃないだろ」

「……実は、旧い友人を訪ねてブラジルの田舎町へ行こうかと思ってな」

そう言いながら、水平線のはるか向こうへ視線を向ける。

「見たい花があるんだよ。逞しくて、美しい花だそうだ」

「満開だといいな」

「ああ。それに……」

すこしだけ口籠ってから、俺は不敵に笑ってみせた。

「異国の田舎なら、ちょっとくらいリングにあがってもバレねェからよ」

「ちょっとちょっと。あれだけ大々的に引退しておいて、それって狡くないですか」

驚きで目を丸くする理恵へ「当然だろ」と、あらためて微笑みかける。

「プロレスラーってなァ、狡いんだよ」

「そして、強いんだ」

鷹沢が太い声で言いきる。直後、一陣の潮風が水面を波だたせた。

陽光がひとすじ、海の上を走っていく。

白い光の道は航路を示すかのように、どこまでも、どこまでも眩しく伸びていた。

解説

ザ・グレート・サスケ

「ドゴーーーン！」

未だかつて聞いたことのない衝撃音だったらしい。

私が〈ファミリー〉と呼ばせていただいているみちのくプロレスの常連のお客様皆様から後にそれを聞いて、自分自身の事ながら改めて怖ろしくなった。第一話でピューマ藤戸が流星ミコトに格闘しない闘いを仕掛けた際、『背中にべっとりと汗を掻いていた』時と同じ心境だ。

二〇二三年十月十五日、岩手県矢巾町民総合体育館で行なわれたみちのくプロレスの三十周年記念大会。全六試合中の第四試合、ザ・グレート・サスケ、新崎人生、ディック東郷組対日向寺塁、ＭＵＳＡＳＨＩ、郡司歩組戦の最中、両軍目まぐるしい攻防の末、選手のほとんどがリング外へ落ちた。私はリングの縁、エプロンサイドにギリギリ横たわっていた。リング外の様子を見ると、新崎人生とディック東郷が対戦相手トリオ全員を寄せ集め、人間の塊を作り上げつつ私に目配せをした。私にカッコいい場面をお膳立てしてくれる両選手の気配りと心意気が嬉しかった。

「それではこのチャンス、いただくよ！」

リングのコーナーマット最上段に昇った私は鉄柱越しのリング外、塊となった対戦相手トリオを目がけて大ジャンプ！　身体を海老反りにして顔を上げ、飛距離を伸ばしつつ標的をギリギリまで目視し、ヒット直前に前方回転！　大きな落差と回転の力が加わった背中が対戦相手に当たる大技、鉄柱越えトペ・コン・ヒーロを放った。

しかし私の右側頭部と右肩、右の背中、腰に衝撃と激痛が走った！　特に腰椎、つまり背骨の腰部分はスクラップ工場の圧縮機に立った状態で頭上から押し潰されたような感覚だった。ヒットした相手が私よりも小さい選手だったためか、オーバーランして硬い床にも激突してしまったらしい。

第四話でリュウトの闇討ちクーガー・スープレックスを食らってしまったピューマ藤戸のように、『身体の内側で硬いものが砕ける厭な音が聞こえ、電撃に似た痛みが爪先から脳天まで駆けぬけ』たのだった。

「またまた身長が縮まったな」

二〇〇三年、二〇一四年に次いで、身長が縮む大怪我はこれで三度目だ。

流星ミコトなら、

「オジさん、詰んだね」

などと私に向かって言うのだろう。

大怪我という現実を認めたくない私は「立てますかっ？」と駆け寄ってくれたセコンドに「全然平気だ！」と嘘をついて強がり、激痛のあまり肉体と精神の両方にショックを受けながらも力を振り絞って立ち上がった。しかし右半身に力が入らない。

「いよいよ引退か……」

デビューしてから三十三年間、何度か頭を過ぎった諦めの弱気。

「痛ッ」

『病室のドアノブに触れたとたん、痛みで悲鳴をあげ』たピューマ藤戸と全く同様に、リングに上がろうと必死に右手でサードロープを握ろうとした瞬間、割れた右肩甲骨上部がごろりと右僧帽筋に突き刺さり、思わずうめき声を上げげた。リング上に戻る事自体が不可能だった。

「東郷、後は頼んだよ」

ディック東郷にリング上を任せた私は、エプロンサイドに手をつく事すら出来ないまま、リングの傍らで腰椎を自力で伸ばしていた。もう一人のパートナー、みちのくプロレスのコミッショナーも務める新崎人生が駆け寄ってくれた。

「大丈夫ですか？　凄い音がしましたよ」

「救急センター直行だわ」

力無く答えるのが精一杯だった。

その晩、私はまるで鷹沢雪夫のように病院に居る事となり、本作品を手に取った……。

黒木あるじ先生は実に鮮明に、色鮮やかに視覚化をもたらしてくださる。それは徹底追求したリアリティと、随所に程よくちりばめられた軽い風刺の刺激がなせる業であろう。

本作でも、魑魅魍魎（ちみもうりょう）が跋扈（ばっこ）するプロレス業界をリング上のみならず、舞台裏の隅々まで余すところなく徹底的に描き切っている。しかも全ての場面が何一つ間違っていない！　黒木あるじ先生はみちのくプロレスの大会に度々ご観戦にいらっしゃるのだが、もしかしたら一連のプロレス作品をご執筆される事を前提に取材されていたのかもしれない。その繊細な観察力と鋭い洞察力にはただひたすら驚くしかない。

登場人物たちは実に魅力的で、全員のキャラクターがしっかりと確立されている。極めつけは第三話に登場するアンデッド仁王原だ。『おう！　おう！　おうおうおう！』とリングに上がるなりマイクで吠（ほ）えた場面は、プロレス好きの読者皆様ならば思わず、

「あの人だ！」

と思い、ニヤリとされたに違いない。

『《やまびこプロレス》代表のレスラー、トルネード・ノブナガが直立不動の姿勢で立っていた。スーツ姿にマスクというミスマッチないでたちが、どうにも可笑（おか）しい』

これはまるで二〇〇三年まで社長を務めていた頃の私ではないか！

第二話に登場する『胸の前でリュックサックを抱えた男』、茂森サトルも愛おしい。リュックサックは流星ミコトの缶バッチやキーホルダーでデコレーションされ〈推しバッグ〉と化していて、その中にはペンライトやデコレーションされたうちわ等が入っているであろう事が容易に想像出来てしまう。

プロレス業界を描いた作品ではあるが、第一話は意外にもテレビ局のバラエティー番組収録スタジオから始まる。『カフェを模したスタジオ』、『毒々しいジャケット姿の男』、誰もが見覚えのあるこの場面によって、プロレスに無関心だった読者皆様も間違いなく物語に引き込まれたのではないだろうか？　プロレス無関心層をも取り込もうとする黒木あるじ先生のこの技法は、まるでアントニオ猪木さんがおっしゃっていた〈環状線理論〉そのものではないだろうか？

「環状線の外側にいるかのような無関心層にも伝わるほどの情報発信をしなければ、業界は成長しない」

『「なに言うとるんですか！」とオーバーアクションで身を乗りだしてきた』お笑い芸人、『スタッフ全員が過剰なほど大きな声で笑う』バラエティー番組の作法、『え、あんまりわかんなかった』と不躾にタメ口を放つ新進気鋭の若手女性アイドル。これら〈日本のテレビ番組二十一世紀型フォーマット〉と言ってもよい描写に、どこか黒木あるじ先生の時代風刺を感じるのは、私が深読みし過ぎているせいだろうか？

『スポーツ新聞に〈破壊屋〉と紹介されて以来、そちらの誤った名前が定着してしまったのだ』

　例えば〈セレブ〉という外来語。語源は英語の〈セレブリティ〉で、〈著名人〉を意味するのだが、日本のマスコミが誤用してしまったため〈富裕層〉的な解釈が浸透してしまった。

『どうやらマスコミにとっては名称の正誤よりインパクトの有無が優先されるらしい』

ピューマ藤戸の憂いに全くもって同感である。

　第三話までは、一話完結形式な作品としても楽しむ事が出来る。無理難題を押し付けにやって来る依頼者に対して、『まるで慈悲深い坊さん』のようなピューマ藤戸と『〈動けぬ名探偵〉』鷹沢雪夫の『朋友』バディが毎度知恵を絞り、プロレス生観戦を通じてその答えを導き出させる。しかもそれは我々読者の想像を遥かに越え、実に頓智の利いた答えなのだ。依頼者と『〈闘わずに闘う〉』爽やかなプロレス物語である。ハートフルな癒しの物語が永遠に続く事を願いながらページをめくっていく……、しかし第四話に突入した途端、作風は第一級のミステリー調へと大きく舵を切る！　無我夢中で読み進める！

『お前は俺の掌の上で暴れているだけなんだよ』

『黒一色に染まっていた』病室で、ピューマ藤戸へ言い放った鷹沢雪夫の科白のように、我々読者は黒木あるじ先生の掌の上でまんまと踊らされていたのだ。

『黒いブーケに身を包み、漆黒のフードを被った数名の男が、重厚な造りの棺桶を肩に担ぎ、しずしずと花道を歩いてくる』第五話でのメインイベント。ベテランの〈ファミリー〉の皆様なら、一九九七年十月十日に両国国技館にて行なわれたみちのくプロレス東京大会の第四試合でトリプル・メインイベントの一試合目、ジ・アンダーテイカー対白使戦を思い出されたのではないだろうか？

あるいは、その棺桶がリング上にあるという異様な状況で試合開始のゴングがなる場面。二〇二一年六月四日に後楽園ホールにて行なわれたみちのくプロレス東京大会のメインイベント、ザ・グレート・サスケ対新崎人生戦だとしたら、若い〈ファミリー〉の皆様も思い出されたのでは？

『それでも諦めなかった人間だけが勝てるんだよ』

そんなピューマ藤戸の有難き説法を私も直接聞きたい！　そして『志合』したい！

彼は引退試合の結果に納得していないはずだから……。

（ざ・ぐれーと・さすけ　プロレスラー）

本文デザイン／坂野公一（welle design）
本書は、集英社文庫のために書き下ろされた作品です。

集英社文庫

破壊屋（デストロイヤー）　プロレス仕舞伝（しまいでん）

2023年12月25日　第1刷　　定価はカバーに表示してあります。

著　者　黒木（くろき）あるじ

発行者　樋口尚也

発行所　株式会社 集英社
東京都千代田区一ツ橋2-5-10　〒101-8050
電話　【編集部】03-3230-6095
【読者係】03-3230-6080
【販売部】03-3230-6393（書店専用）

印　刷　TOPPAN株式会社

製　本　加藤製本株式会社

フォーマットデザイン　アリヤマデザインストア　　マークデザイン　居山浩二

ISBN978-4-08-744601-2 C0193